全国计算机等级考试考题排行榜

# 二级 *C* 语言程序设计高频考题导航

全国计算机等级考试命题研究组　编

南 开 大 学 出 版 社

天　津

图书在版编目(CIP)数据

二级 C 语言程序设计高频考题导航:2011 版 / 全国计算机等级考试命题研究组编. — 4 版. — 天津:南开大学出版社,2010.12

(全国计算机等级考试考题排行榜)

ISBN 978-7-310-02787-3

Ⅰ.二… Ⅱ.全… Ⅲ.C 语言－程序设计－水平考试－解题 Ⅳ.TP312-44

中国版本图书馆 CIP 数据核字(2009)第 194417 号

南开大学出版社出版发行

出版人:肖占鹏

地址:天津市南开区卫津路 94 号 邮政编码:300071

营销部电话:(022)23508339 23500755

营销部传真:(022)23508542 邮购部电话:(022)23502200

\*

河北昌黎太阳红彩色印刷有限责任公司印刷

全国各地新华书店经销

\*

2010 年 12 月第 4 版 2010 年 12 月第 4 次印刷

880×1230 毫米 32 开本 7.875 印张 306 千字

定价:22.00 元

如遇图书印装质量问题,请与本社营销部联系调换,电话:(022)23507125

# 出版前言

全国计算机等级考试(National Computer Rank Examination)是由教育部考试中心主办的全国范围内报考人数最多的国家级计算机类水平考试。该项考试有着良好的社会信誉，很多企事业单位都将本考试证书作为考核和招聘员工的一个必要条件。为了适应科学技术的发展和社会的需要，教育部考试中心于 2007 年 10 月推出了新的考试大纲（2007 版）。配合新大纲的推出，并为了帮助广大考生在较短的时间内顺利通过计算机等级考试，我们组织编写了"全国计算机等级考试考题排行榜丛书"丛书。

本套丛书具有如下几个特点：

1. 本套丛书最大的特色是"**省时，高效，高命中率**"。

2. 深入分析历年试题特点，**归纳整理出常考的 TOP100[1] 种题型**。这些题型在历次考试中反复出现，把这些反复出现的试题整理归类，指引考生找准方向，快速过关。

3. 每种题型作为一个专题，并分为三个板块：

- 题型点睛：浓缩该题型的要点，并加以讲解分析，便于考生理解与记忆。

- 真题分析：以真题为实例进行分析，旨在让考生彻底明白这类题型的解法。

- 即学即练：设计 1-3 题，让考生即学即练，即练即会，以达到举一反三的功效。

4. **配送超值上机盘（盘中有一套完整的上机考试系统，以及约 210 页的辅导资料）**。盘的特点及内容如下：

- 登录、抽题、答题、交卷等与真实上机考试完全一致，营造逼真的考试氛围。

- 自动生成试卷、自动计时，特别增加了试题评析功能，便于考生自学与提高。

---

[1]对于二级科目，特别增加了 30 种二级公共基础常考题型，即为 TOP100+30 种题型。

- 配书各章即学即练详细的试题分析（约 70 页）。
- 上机高频考题透解（约 80 页）。
- 3 套笔试标准预测试卷及答案详解（约 30 页）。
- 3 套上机标准预测试卷及答案详解（约 30 页）。

**注意：本书光盘安装密码为：9DXDx-2IW7V-DF28C-M3OGM。**

本书是广大参加全国计算机等级考试的应试人员短期冲刺训练的最佳读物，也可供各类培训班和相关院校选作教材。

参与本套丛书策划、命题研究、编写、审校等工作的人员有：陈智、钱阳勇、李秋洁、刘秉义、葛振南、孔霖、郭秀珍、徐硕、周子翔、季晖、王永国、张建林、于新豹、俞顺林、王国全、郭沛仪、陈静、李晓红、唐才琴、陈芳等。

由于时间匆促和水平有限，书中难免有不足之处，敬请有关专家和广大读者批评指正。联系邮箱：reader_service2007@126.com。

**全国计算机等级考试命题研究组**

# 目　录

# 第1章 数据结构与算法

## TOP1：算法的复杂度

### 真题分析

【真题1】下列叙述中正确的是_____。（2007年4月）

A）算法的效率只与问题的规模有关，而与数据的存储结构无关

B）算法的时间复杂度是指执行算法所需要的计算工作量

C）数据的逻辑结构与存储结构是——对应的

D）算法的时间复杂度与空间复杂度一定相关

**解析：** 算法的复杂度主要包括时间复杂度和空间复杂度。算法的时间复杂度是指执行算法所需要的计算工作量，可以用执行算法的过程中所需的基本运算的执行次数来度量；算法的空间复杂度是指执行这个算法所需要的内存空间。根据各自的定义可知两者不相关。数据的逻辑结构就是数据元素之间的逻辑关系，它是从逻辑上描述数据元素之间关系的，是独立于计算机的，数据的存储结构是研究数据元素和数据元素之间的关系如何在计算机中表示，它们并非——对应。算法的执行效率不仅与问题的规模有关，还与数据的存储结构有关。

**答案：** B

【真题2】下列叙述中正确的是_____。（2006年9月）

A）一个算法的空间复杂度大，则其时间复杂度也必定大

B）一个算法的空间复杂度大，则其时间复杂度必定小

C）一个算法的时间复杂度大，则其空间复杂度必定小

D）上述三种说法都不对

**解析：** 根据时间复杂度和空间复杂度的定义（见真题1解析）可知，算法的时间复

杂度与空间复杂度并不相关。

**答案：** D

**【真题3】**算法复杂度主要包括时间复杂度和_____复杂度。（2005 年 9 月）

**解析：** 算法的复杂度主要包括时间复杂度和空间复杂度。

**答案：** 空间

### 题型点睛

1．一个算法的质量优劣将影响到算法乃至程序的效率。算法分析的目的在于选择合适算法和改进算法。一个算法的评价主要从时间复杂度和空间复杂度来考虑。

2．算法的时间复杂度是指执行算法所需要的计算工作量，可以用执行算法的过程中所需的基本运算的执行次数来度量；算法的空间复杂度是指执行这个算法所需要的内存空间。

### 即学即练

**【试题1】**算法的时间复杂度是指_____。

A）执行算法程序所需要的时间

B）算法程序的长度

C）算法执行过程中所需要的基本运算次数

D）算法程序中的指令条数

## TOP2：逻辑结构和存储结构

### 真题分析

**【真题1】**下列叙述中正确的是_____。（2005 年 9 月）

A）一个逻辑数据结构只能有一种存储结构

B）数据的逻辑结构属于线性结构，存储结构属于非线性结构

C）一个逻辑数据结构可以有多种存储结构，且各种存储结构不影响数据处理的效率

D）一个逻辑数据结构可以有多种存储结构，且各种存储结构影响数据处理的效率

**解析：**一般来说，一种数据的逻辑结构根据需要可以表示成多种存储结构，常用的存储结构有顺序、链接、索引等存储结构。而采用不同的存储结构，其数据处理的效率是不同的。由此可见，选项D的说法正确。

**答案：**D

【真题2】数据结构可以分为逻辑结构和存储结构，循环队列属于_____结构。（2005 年 9 月）

**解析：**数据的逻辑结构在计算机存储空间中的存放形式称为数据的存储结构（也称数据的物理结构）。所谓循环队列，就是将队列存储空间的最后一个位置绕到第一个位置，形成逻辑上的环状空间，供队列循环使用。可知循环队列应当是物理结构。

**答案：**存储（或物理）

【真题3】数据的存储结构是指_____。（2005 年 4 月）

A）存储在外存中的数据

B）数据所占的存储空间量

C）数据在计算机中的顺序存储方式

D）数据的逻辑结构在计算机中的表示

**解析：**数据的逻辑结构在计算机存储空间中的存放形式称为数据的存储结构，也称数据的物理结构，所以选项D正确。

**答案：**D

## 🎯 题型点睛

1. 逻辑结构是反映元素之间逻辑关系的，即先后件关系，分为线性结构（线性表、栈和队列）和非线性结构（树和图）。

2. 存储结构是数据的逻辑结构在计算机存储空间中的存放形式(也称物理结构)。在数据的存储结构中，不仅要存放各数据元素的信息，还存放元素之间的前后件关系的信息。它分为顺序存储、链式存储等。

3. 数据的逻辑结构与数据的存储结构不一定相同。一般来说，一种数据的逻辑结构根据需要可以表示成多种存储结构。常见的存储结构有顺序、链接、索引等。采

用不同的存储结构，其数据处理的效率是不相同的。

## 🐍 即学即练

【试题 1】数据结构中，与所使用的计算机无关的是数据的_____。

A）存储结构　　　B）物理结构　　　C）逻辑结构　　　D）物理和存储结构

【试题 2】数据的逻辑结构有线性结构和_____两大类。

# TOP3：线性结构和非线性结构

## 👉 真题分析

【真题 1】数据结构分为线性数据结构和非线性数据结构，带链的队列属于_____。（2006 年 9 月）

**解析：**与栈类似，队列也是线性表，可是采用链式存储结构。所以带链的队列属于线性结构。

**答案：**线性结构

【真题 2】下列叙述中正确的是_____。（2006 年 4 月）

A）线性链表是线性表的链式存储结构

B）栈与队列是非线性结构

C）双向链表是非线性结构

D）只有根结点的二叉树是线性结构

**解析：**所谓线性链表，就是指线性表的链式存储结构，简称链表。线性表链式存储结构的基本单位称为存储结点，每个存储结点包括数据域和指针域两个组成部分。栈、队列和双向链表是线性结构，二叉树是非线性结构。线性结构和非线性结构是从数据的逻辑结构角度来讲的，与该数据结构中有多少个元素没有关系，即使是空的二叉树也是非线性结构。

**答案：**A

## 题型点睛

1. 根据数据结构中各数据元素之间前后关系的复杂程度，一般将数据结构分为两大类型：线性结构与非线性结构。

2. 如果一个非空的数据结构满足下列两个条件：①有且只有一个根结点；②每一个结点最多有一个前件，也最多有一个后件，则称该数据结构为线性结构，线性表是一个典型的线性结构。栈、队列、串等都是线性结构。

3. 如果一个数据结构不是线性结构，则称之为非线性结构。数组、广义表、树和图等数据结构都是非线性结构。

## 即学即练

【试题1】下列叙述中正确的是_____。

A）线性表是线性结构　　　　　B）栈与队列是非线性结构

C）线性链表是非线性结构　　　D）二叉树是线性结构

【试题2】以下数据结构中不属于线性数据结构的是_____。

A）队列　　　B）线性表　　　C）二叉树　　　D）栈

# TOP4：栈

## 真题分析

【真题1】按"先进后出"原则组织数据的数据结构是_____。（2006年9月）

解析：栈是限定只在一端进行插入和删除操作的线性表，通常称插入、删除的这一端为栈顶，另一端为栈底。栈按照"先进后出"或"后进先出"的原则组织数据。

答案：栈

【真题2】按照"后进先出"原则组织数据的数据结构是_____。（2006年4月）

A）队列　　　　　　　　　　　B）栈

C）双向链表　　　　　　　　　D）二叉树

解析：栈的特点是栈顶元素总是最后被插入的元素，也是最早被删除的元素；栈底元素总是最早被插入的元素，也是最晚才能被删除的元素。即栈的修改原则是"后进先出"（Last In First Out，简称LIFO）或"先进后出"（First In Last Out，简称FILO），因此，栈也称为"后进先出"表或"先进后出"表。

**答案：** B

【真题3】下列关于栈的描述正确的是＿＿＿＿＿。（2005年9月）

A）在栈中只能插入元素而不能删除元素

B）在栈中只能删除元素而不能插入元素

C）栈是特殊的线性表，只能在一端插入或删除元素

D）栈是特殊的线性表，只能在一端插入元素，而在另一端删除元素

**解析：** 栈是一种特殊的线性表，其插入与删除运算都只在线性表的一端进行。由此可见，选项A、B和D错误，正确答案是选项C。

**答案：** C

【真题4】下列关于栈的描述中错误的是 ＿＿＿＿＿。（2005年4月）

A）栈是先进后出的线性表

B）栈只能顺序存储

C）栈具有记忆作用

D）对栈的插入和删除操作中，不需要改变栈底指针

**解析：** 本题考核栈的基本概念，我们可以通过排除法来确定本题的答案。栈是限定在一端进行插入与删除的线性表，栈顶元素总是最后被插入的元素，从而也是最先能被删除的元素；栈底元素总是最先被插入的元素，从而也是最后才能被删除的元素，即栈是按照"先进后出"或"后进先出"的原则组织数据的，这便是栈的记忆作用，所以选项 A 和选项 C 正确。对栈进行插入和删除操作时，栈顶位置是动态变化的，栈底指针不变，选项 D 正确。由此可见，选项 B 错误。

**答案：** B

## ☺ 题型点睛

1. 栈（Stack）又称堆栈，它是一种运算受限的线性表，其限制是仅允许在表的一端进行插入和删除运算。人们把此端称为栈顶，栈顶的第一个元素被称为栈顶元素，相对地，把另一端称为栈底。向一个栈插入新元素又称为进栈或入栈，它是把该元素放到栈顶元素的上面，使之成为新的栈顶元素；从一个栈删除元素又称为出栈或退栈，

它是把栈顶元素删掉，使其下面的相邻元素成为新的栈顶元素。

2. 由于栈的插入和删除运算仅在栈顶一端进行，后进栈的元素必定先出栈，所以又把栈称为后进先出表(Last In First Out, 简称 LIFO)；先进栈的元素必定后出栈，所以又把栈称为先进后出表(First In Last Out, 简称 FILO)。

## 即学即练

【试题1】如果进栈序列为 e1, e2, e3, e4，则可能的出栈序列是_____。

A）e3, e1, e4, e2　　　　　　　　　　B）e2, e4, e3, e1

C）e3, e4, e1, e2　　　　　　　　　　D）任意顺序

【试题2】下列关于栈的叙述中正确的是_____。

A）在栈中只能插入数据　　　　　　　B）在栈中只能删除数据

C）栈是先进先出的线性表　　　　　　D）栈是先进后出的线性表

# TOP5：队列

## 真题分析

【真题1】下列队列的叙述正确的是_____。（2007 年 4 月）

A）队列属于非线性表

B）队列按"先进后出"原则组织数据

C）队列在队尾删除数据

D）队列按"先进先出"原则组织数据

**解析:** 队列是一种操作受限制的线性表。它只允许在线性表的一端进行插入操作，另一端进行删除操作。其中，允许插入的一端称为队尾（rear），允许删除的一端称为队首(front)。队列具有先进先出的特点，它是按"先进先出"的原则组织数据的，故本题答案为 D。

**答案:** D

## 🎯 题型点睛

1. 队列（Queue）简称队，它也是一种运算受限的线性表，其限制是仅允许在表的一端进行插入，而在表的另一端进行删除。我们把进行插入的一端称作队尾(rear)，进行删除的一端称作队首(front)。

2. 向队列中插入新元素称为进队或入队，新元素进队后就成为新的队尾元素；从队列中删除元素称为离队或出队，元素离队后，其后继元素就成为队首元素。

3. 由于队列的插入和删除操作分别是在各自的一端进行的，每个元素必然按照进入的次序离队，所以又把队列称为先进先出表（First In First Out, 简称FIFO）。

## 📖 即学即练

【试题1】栈和队列的共同特点是_____。

A）都是先进先出                  B）都是先进后出

C）只允许在端点处插入和删除元素    D）没有共同点

【试题2】下列关于队列的叙述中正确的是_____。

A）在队列中只能插入数据

B）在队列中只能删除数据

C）队列是先进先出的线性表

D）队列是先进后出的线性表

# TOP6：链表

## 🖘 真题分析

【真题1】下列对于线性链表的描述中正确的是_____。（2005 年 4 月）

A）存储空间不一定是连续，且各元素的存储顺序是任意的

B）存储空间不一定是连续，且前件元素一定存储在后件元素的前面

C）存储空间必须连续，且各前件元素一定存储在后件元素的前面

D）存储空间必须连续，且各元素的存储顺序是任意的

**解析:** 在链式存储结构中, 存储数据的存储空间可以不连续, 各数据结点的存储顺序与数据元素之间的逻辑关系可以不一致, 数据元素之间的逻辑关系, 是由指针域来确定的。由此可见, 选项 A 的描述正确。

**答案:** A

## 题型点睛

1. 数据结构中, 每个数据存储在一个存储单元中, 这个存储单元称为结点。在链式存储方式中, 要求每个结点由两部分组成: 一部分用于存放数据元素值, 称为数据域; 另一部分用于存放指针, 称为指针域。其中指针用于指向该结点的前一个或后一个结点 (即前件或后件)。

2. 在链式存储结构中, 存储数据结构的存储空间可以不连续, 各个数据结点存储顺序与数据元素的逻辑关系可以不一致, 而数据元素之间的逻辑关系是由指针来确定的。

3. 线性表的链式存储结构称为线性链表。

## 即学即练

【试题 1】用链表表示线性表的优点是_____。

A) 便于随机存取

B) 花费的存储空间较顺序存储少

C) 便于插入和删除操作

D) 数据元素的物理顺序与逻辑顺序相同

# TOP7: 二叉树及其基本性质

## 真题分析

【真题 1】某二叉树中有 n 个度为 2 的结点, 则该二叉树中的叶子结点为_____。(2007 年 4 月)

A) n+1　　　　　B) n-1　　　　　C) 2n　　　　　D) n/2

**解析:** 对于任何一棵二叉树 T, 如果其终端结点 (叶子) 数为 n1, 度为 2 的结点数为 n2，则 n1=n2+1。所以该二叉树的叶子结点数为 n+1。

**答案：**A

【真题2】在深度为 7 的满二叉树中，度为 2 的结点个数为＿＿＿＿。（2007 年 4 月）

**解析：**根据二叉树的性质，一棵深度为 k 的满二叉树有 $2^k-1$ 个结点，所以深度为 7 的满二叉树有 $2^7-1$ 个结点；又因为在任意一棵二叉树中，若终端结点的个数为 $n_0$，度为 2 的结点数为 $n_2$，则 $n_0=n_2+1$，即所以总结点数为 $n_0+n_2=2n_2+1=127$，所以 $n_2=63$，即度为 2 的结点个数为 63，所以应填 63。

**答案：**63

【真题3】在深度为 7 的满二叉树中，叶子结点的个数为＿＿＿＿。（2006 年 4 月）

A）32　　　　B）31　　　　C）64　　　　D）63

**解析：**满二叉树是指除最后一层外，每一层上的所有结点都有两个子结点的二叉树。满二叉树在其第 i 层上有 2i-1 个结点，即每一层上的结点数都是最大结点数。对于深度为 7 的满二叉树，叶子结点所在的是第 7 层，一共有 $2^{7-1}=64$ 个叶子结点。

**答案：**C

【真题4】一棵二叉树第六层（根结点为第一层）的结点数最多为＿＿＿＿个。（2005 年 9 月）

**解析：**二叉树的一个性质是，在二叉树的第 k 层上，最多有 $2^{k-1}$（k≥1）个结点。由此，$2^{6-1}=32$。所以答案为 32。

**答案：**32

【真题5】某二叉树中度为 2 的结点有 18 个，则该二叉树中有＿＿＿＿个叶子结点。（2005 年 4 月）

**解析：**二叉树具有如下性质：在任意一棵二叉树种，度为 0 的结点（即叶子结点）总是比度为 2 的结点多一个。根据题意，度为 2 的节点为 18 个，那么，叶子结点就应当是 19 个。

**答案：**19

## 🉐 题型点睛

1. 二叉树具有以下两个特点：①非空二叉树只有一个根结点，②每一个结点最多有两棵子树，且分别称为该结点的左子树和右子树。

2．二叉树的性质

(1)在二叉树中，第 i 层的结点总数不超过 $2^{i-1}$；

(2)深度为 h 的二叉树最多有 $2^h-1$ 个结点(h≥1)，最少有 h 个结点；

(3)对于任意一棵二叉树，如果其叶结点数为 $N_0$，而度数为 2 的结点总数为 $N_2$，则 $N_0=N_2+1$；

(4)具有 n 个结点的完全二叉树的深度为 int (log$_2$n) +1

(5)有 N 个结点的完全二叉树各结点如果用顺序方式存储，则结点之间有如下关系：

若 I 为结点编号则 如果 I<>1，则其父结点的编号为 I/2；

如果 2*I<=N，则其左儿子（即左子树的根结点）的编号为 2*I；若 2*I>N，则无左儿子；

如果 2*I+1<=N，则其右儿子的结点编号为 2*I+1；若 2*I+1>N，则无右儿子。

3．两个重要的概念：

(1)完全二叉树：只有最下面的两层结点度小于 2，并且最下面一层的结点都集中在该层最左边的若干位置的二叉树；

(2)满二叉树：除了叶结点外每一个结点都有左右子女且叶结点都处在最底层的二叉树。

## 即学即练

【试题 1】在一棵二叉树上第 5 层的结点数最多是_____。

A）8　　　　　B）16　　　　　C）32　　　　　D）15

【试题 2】在深度为 5 的满二叉树中，叶子结点的个数为_____。

A）32　　　　　B）31　　　　　C）16　　　　　D）15

【试题 3】设一棵完全二叉树共有 699 个结点，则在该二叉树中的叶子结点数为_____。

A）349　　　　　B）350　　　　　C）255　　　　　D）351

# TOP8：二叉树的遍历

## 真题分析

【真题1】对下列二叉树

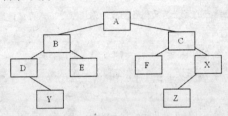

进行前序遍历的结果为_____。（2007 年 4 月）

A）DYBEAFCZX    B）YDEBFZXCA    C）ABDYECFXZ    D）ABCDEFXYZ

**解析：** 二叉树前序遍历的含义是：首先访问跟结点，然后按前序遍历跟结点的左子树，最后按前序遍历根结点的左子树，最后按前序遍历根结点的右子树，前序遍历二叉树的过程是一个递归的过程。根据题目中给出的二叉树的结构可知前序遍历的结果是：ABDYECFXZ。

**答案：** C

【真题2】对下列二叉树

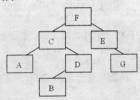

进行中序遍历的结果是_____。（2006 年 9 月）

A）ACBDFEG    B）ACBDFGE    C）ABDCGEF    D）FCADBEG

**解析：** 参照上题解析，根据题目中给出的二叉树的结构可知中序遍历的结果是：ACBDFEG。

**答案：** A

## 题型点睛

1. 遍历是对树的一种最基本的运算，所谓遍历二叉树，就是按一定的规则和顺序走遍二叉树的所有结点，使每一个结点都被访问一次，而且只被访问一次。由于二叉树是非线性结构，因此，树的遍历实质上是将二叉树的各个结点转换成为一个线性序列来表示。

2. 设 L、D、R 分别表示遍历左子树、访问根结点和遍历右子树，则对一棵二叉树的遍历有三种情况：DLR（称为先根次序遍历），LDR（称为中根次序遍历），LRD（称为后根次序遍历）。

(1)先序遍历：访问根；按先序遍历左子树；按先序遍历右子树。

(2)中序遍历：按中序遍历左子树；访问根；按中序遍历右子树。

(3)后序遍历：按后序遍历左子树；按后序遍历右子树；访问根。

## 即学即练

【试题1】已知二叉树后序遍历序列是 dabec，中序遍历序列是 debac，它的前序遍历序列是_____。

A）acbed　　　　B）decab　　　　C）deabc　　　　D）cedba

【试题2】在先左后右的原则下，根据访问根结点的次序，二叉树的遍历可以分为三种：前序遍历、_____遍历和后序遍历。

# TOP9：顺序查找

## 真题分析

【真题1】在长度为 64 的有序线性表中进行顺序查找，最坏情况下需要比较的次数为_____。（2006 年 9 月）

A）63　　　　　B）64　　　　　C）6　　　　　D）7

**解析：** 顺序查找是从线性表的第一个元素开始依次向后查找，如果线性表中第一个元素就是要查找的元素，则只需做一次比较就可查找成功；但如果要查找的元素是线性表中最后一个元素，或者要查找的元素不在线性表中，则需要与线性表中所有元素进行比较，这是顺序查找最坏情况，比较次数为线性表长度。

**答案：B**

**【真题2】**对长度为 n 的线性表进行顺序查找，在最坏的情况下所需要的比较次数为_____。（2005 年 4 月）

　A）$\log_2 n$　　　　　B）n/2　　　　　C）n　　　　　D）n+1

**解析：**在长度为 n 的线性表中进行顺序查找，最坏情况下需要比较 n 次。选项 C 正确。

**答案：C**

## ⊛ 题型点睛

　1．顺序查找是一种最基本和最简单的查找方法。它的思路是，从表中的第一个元素开始，将给定的值与表中逐个元素的关键字进行比较，直到两者相符，查到所要找的元素为止。否则就是表中没有要找的元素，查找不成功。

　2．对于大的线性表来说，顺序查找的效率是很低的。虽然顺序查找的效率不高，但在下列两种情况下也只能采用顺序查找：（1）线性表示无序表；（2）即使是有序线性表，如果采用链式存储结构，也只能顺序查找。

## ⊠ 即学即练

　**【试题1】**对长度为 N 的线性表进行顺序查找，在最坏情况下所需要的比较次数为_____。

　A）N+1　　　　　B）N　　　　　C）(N+1)/2　　　　　D）N/2

# TOP10：二分法查找

## ☞ 真题分析

　**【真题1】**下列数据结构中，能用二分法进行查找的是_____。（2005 年 9 月）

　A）顺序存储的有序线性表　　　　　B）线性链表

C）二叉链表　　　　　　　　　D）有序线性链表

**解析：**二分查找只适用于顺序存储的有序表。在此所说的有序表是指线性表中的元素按值非递减排列（即从小到大，但允许相邻元素值相等）的，故选项 A 正确。

**答案：** A

## 🌑 题型点睛

1. 二分查找是针对有序表进行查找的简单、有效而又较常用的方法。其基本思想是：首先选取表中间位置的记录，将其关键字与给定关键字 k 进行比较，若相等，则查找成功；否则，若 k 值比该关键字值大，则要找的元素一定在表的后半部分（或称右子表），则继续对右子表进行二分查找；若 k 值比该关键字值小，则要找的元素一定在表的前半部分（左子表），同样应继续对左子表进行二分查找。每进行一次比较，要么找到要查找的元素，要么将查找的范围缩小一半。如此递推，直到查找成功或把要查找的范围缩小为空（查找失败）。

2. 显然，当有序线性表为顺序存储时才能用二分查找，并且，二分查找的效率要比顺序查找高得多。可以证明，对于长度为 n 的有序线性表，在最坏情况下，二分查找只需要比较 $\log_2 n$ 次，而顺序查找需要比较 n 次。

## 🐟 即学即练

【试题1】在长度为 n 的有序线性表中进行二分查找。最坏的情况下，需要的比较次数为_____。

# TOP11：排序

## 📋 真题分析

【真题1】对长度为 10 的线性表进行冒泡排序，最坏情况下需要比较的次数为_____。（2006 年 4 月）

**解析：**对长度 n 为 10 的线性表进行冒泡排序，最坏情况下需要比较的次数为 n(n-1)/2=5×9=45。

**答案：** 45

【真题2】对于长度为 n 的线性表，在最坏的情况下，下列各排序法所对应的比较次数中正确的是_____。（2005 年 4 月）

A）冒泡排序为 n/2　　　　　　　B）冒泡排序为 n

C）快速排序为 n　　　　　　　　D）快速排序为 n(n-1)/2

**解析：**假设线性表的长度为 n，在最坏情况下，冒泡排序和快速排序需要的比较次数为 n(n-1)/2。由此可见，选项 D 正确。

**答案：**D

## 🐠 题型点睛

1. 排序是指将一个无序序列整理成按值非递减顺序排列的有序序列。

2. 常用的排序方法：

交换类排序法：(1) 冒泡排序法，需要比较的次数为 n(n-1)/2;

　　　　　　　(2) 快速排序法。

插入类排序法：(1) 简单插入排序法，最坏情况需要 n(n-1)/2 次比较;

　　　　　　　(2) 希尔排序法，最坏情况需要 $O(n^{1.5})$ 次比较。

选择类排序法：(1) 简单选择排序法，最坏情况需要 n(n-1)/2 次比较;

　　　　　　　(2) 堆排序法，最坏情况需要 $O(n\log_2 n)$ 次比较。

## 🐭 即学即练

【试题1】已知数据表 A 中每个元素距其最终位置不远，为节省时间，应采用的算法是_____。

A）堆排序　　　　　　　　　B）直接插入排序

C）快速排序　　　　　　　　D）直接选择排序

【试题 2】在待排序的元素序列基本有序的前提下，效率最高的排序方法是_____。

A）冒泡排序　　　　　　　　B）选择排序

C）快速排序　　　　　　　　D）归并排序

## 本章即学即练答案

| 序号 | 答案 | 序号 | 答案 |
|---|---|---|---|
| TOP1 | 【试题1】答案：C | TOP2 | 【试题1】答案：C |
|  |  |  | 【试题2】答案：非线性结构 |
| TOP3 | 【试题1】答案：A | TOP4 | 【试题1】答案：B |
|  | 【试题2】答案：C |  | 【试题2】答案：D |
| TOP5 | 【试题1】答案：C | TOP6 | 【试题1】答案：C |
|  | 【试题2】答案：C |  |  |
| TOP7 | 【试题1】答案：B | TOP8 | 【试题1】答案：D |
|  | 【试题2】答案：C |  | 【试题2】答案：中序 |
|  | 【试题3】答案：B |  |  |
| TOP9 | 【试题1】答案：B | TOP10 | 【试题1】答案：$\log_2 n$ |
| TOP11 | 【试题1】答案：B |  |  |
|  | 【试题2】答案：A |  |  |

# 第2章 程序设计基础

## TOP12：程序设计方法与风格

### 真题分析

【真题1】下列选项中不符合良好程序设计风格的是_____。（2006年9月）

A）源程序要文档化 　　　　　　　B）数据说明的次序要规范化

C）避免滥用 goto 语句 　　　　　D）模块设计要保证高耦合, 高内聚

**解析**：软件设计风格是指编写程序时所表现出的特点、习惯和逻辑思路。著名的"清晰第一，效率第二"的论点已成为当今主导的程序设计风格。要形成良好的程序设计风格，主要应注意和考虑下面一些因素：源程序文档化；数据说明的次序规范化；避免乱用 goto 语句等。除此之外，一般较优秀的软件设计应尽量做到高内聚、低耦合，这样有利于提高模块的独立性。

**答案**：D

### 题型点睛

养成良好的程序设计的设计风格，主要考虑下述因素：

1. 源程序文档化：（1）符号名的命名有一定含义，便于理解，（2）正确的注释帮助读者理解程序，（3）程序层次清晰。

2. 数据说明的方法：（1）数据说明的次序规范化，（2）说明语句中变量安排有序化，（3）使用注释来说明复杂数据结构。

3. 语句的结构：程序应该简单易懂，语句构造应该简单直接。

4. 输入和输出。

## 即学即练

【试题1】对建立良好的程序设计风格，下面描述正确的是_____。

A）程序应简单、清晰、可读性好　　　B）符号名的命名只要符合语法

C）充分考虑程序的执行效率　　　　　D）程序的注释可有可无

# TOP13：结构化程序设计

## 真题分析

【真题1】下列选项中不属于结构化程序设计方法的是_____。（2006 年 4 月）

A）自顶向下　　　　　　　　　　B）逐步求精

C）模块化　　　　　　　　　　　D）可复用

**解析：** 结构化程序设计方法的主要原则是：自顶向下，逐步求精，模块化，限制使用goto语句。可复用性是指软件元素不加修改和稍加修改可在不同的软件开发过程中重复使用的性质。软件可复用性是软件工程追求的目标之一，是提高软件生产效率的最主要方法。面向对象的程序设计具有可复用性的优点。

**答案：** D

## 题型点睛

1. 结构化程序设计主要目的是使程序结构良好、易读、易理解、易维护。它的原则主要包括：①自顶向下，②逐步求精，③模块化，④限制使用 goto 语句。

2. 结构化程序设计方法可用三种基本结构实现：①顺序结构，②选择结构，③重复结构。

3. 在结构化程序设计的具体实施中，要注意把握如下要素：

①使用程序设计语言中的顺序、选择、循环等控制结构表示程序的控制逻辑。

②选用的控制结构只准许有一个入口和一个出口。

③程序语句组成容易识别的程序专项，每块只有一个入口和一个出口。

④复杂结构应该用嵌套的基本控制结构进行组合嵌套来实现。

⑤语言中所没有的控制结构，应该采用前后一致的方法来模拟。

⑥严格控制 GOTO 语句使用。

## 即学即练

【试题1】下面描述中，符合结构化程序设计风格的是_____。

A）使用顺序、选择和重复（循环）三种基本控制结构表示程序的控制逻辑

B）模块只有一个入口，可以有多个出口

C）注重提高程序的执行效率

D）不使用 goto 语句

# TOP14：面向对象方法

## 真题分析

【真题1】下面选项中不属于面向对象程序设计特征的是_____。（2007 年 4 月）

A）继承性　　　B）多态性　　　C）类比性　　　D）封闭性

解析：面向对象程序设计的 3 个特征是：封装性、继承性和多态性。

答案：D

【真题2】在面向对象方法中，_____描述的是具有相似属性与操作的一组对象。（2006 年 4 月）

解析：在面向对象方法中，类(class)描述的是具有相似属性与操作的一组对象，而一个具体对象则是其对应类的一个实例(Instance)。

答案：类

【真题3】在面向对象方法中，类的实例称为_____。（2005 年 4 月）

解析：类描述的是具有相似性质的一组对象。例如，每本具体的书是一个对象，而这些具体的书都有共同的性质，它们都属于更一般的概念"书"这一类对象。一个具体对象称为类的实例。

答案：对象

## 🎯 题型点睛

1. 对象（object）：对象用来表示客观世界中的任何实体。面向对象的程序设计方法中涉及的对象是系统中用来描述客观事物的一个实体，是构成系统的一个基本单位，它由一组表示其静态特征的属性和它可执行的一组操作组成。

2. 类（Class）和实例（Instance）：将属性、操作相似的对象归为类，类是具有共同属性、共同方法的对象的集合；一个具体对象称为类的实例。

3. 消息（Message）：面向对象的世界是通过对象与对象间彼此的相互合作来推动的，对象间的这种相互合作需要一个机制协助进行，这的机制称为"消息"。消息是一个实例与另一个实例之间传递的信息，它请求对象执行某一处理或回答某一要求的信息，它统一了数据流和控制流。

4. 继承（Inheritance）：继承是面向对象的方法的一个主要特征。继承是使用已有的类定义作为基础（直接获得已有的性质和特征）建立新类的定义技术。已有的类可以当做基类引用，则新类可当做派生类引用。

5. 多态性（Polymorphism）：对象根据所接受的消息而做出动作，同样的消息被不同的对象接受时可导致完全不同的行动，该现象称为多态性。

## 🖋 即学即练

【试题1】在面向对象方法中，类之间共享属性和操作的机制称为 _____ 。

【试题2】在面向对象的设计中，用来请求对象执行某一处理或回答某些信息的要求称为_____ 。

# 本章即学即练答案

| 序号 | 答案 | 序号 | 答案 |
| --- | --- | --- | --- |
| TOP12 | 【试题1】答案：A | TOP13 | 【试题1】答案：A |
| TOP14 | 【试题1】答案：继承<br>【试题2】答案：消息 | | |

# 第3章 软件工程基础

## TOP15：软件工程基本概念

☞ **真题分析**

【真题1】下列描述中正确的是_____。（2005年9月）

A）软件工程只是解决软件项目的管理问题

B）软件工程主要解决软件产品的生产率问题

C）软件工程的主要思想是强调在软件开发过程中需要应用工程化原则

D）软件工程只是解决软件开发中的技术问题

解析：软件工程学是研究软件开发和维护的普遍原理与技术的一门工程学科。所谓软件工程是指，采用工程的概念、原理、技术和方法指导软件的开发与维护。软件工程学的主要研究对象包括软件开发与维护的技术、方法、工具和管理等方面。

答案：C

【真题2】下列描述中正确的是_____。（2005年4月）

A）程序就是软件      B）软件开发不受计算机系统的限制

C）软件既是逻辑实体，又是物理实体  D）软件是程序、数据与相关文档的集合

解析：计算机软件是计算机系统中与硬件相互依赖的部分，它是包括程序、数据及相关文档的完整集合。选项D的描述正确。

答案：D

🌐 **题型点睛**

1. 软件工程的主要思想是强调在软件开发过程中需要应用工程化原则，软件工程学的主要研究对象包括软件开发与维护的技术、方法、工具和管理等方面。

2. 计算机软件是计算机系统中与硬件相互依存的部分，是包括程序、数据及相关

文档的完整集合。

3. 软件工程包括三个要素，即方法、工具和过程。

## 即学即练

【试题1】下列不属于软件工程的 3 个要素的是＿＿＿＿＿。

A）工具　　　　　B）过程　　　　　C）方法　　　　　D）环境

【试题2】软件工程的出现是由于＿＿＿＿＿。

A）程序设计方法学的影响　　　　　B）软件产业化的需要

C）软件危机的出现　　　　　D）计算机的发展

# TOP16：软件生命周期

## 真题分析

【真题1】软件生命周期可分为多个阶段，一般分为定义阶段、开发阶段和维护阶段。编码和测试属于＿＿＿＿＿阶段。（2007 年 4 月）

**解析：** 软件生命周期（SDLC，软件生存周期）是指软件从产生到报废的生命周期，周期内有问题定义、可行性分析、总体描述、系统设计、编码、调试和测试、验收与运行、维护升级到废弃等阶段，其中的编码和测试属于开发阶段。

**答案：** 开发

【真题2】下列选项中不属于软件生命周期开发阶段任务的是＿＿＿＿＿。（2006年9月）

A）软件测试　　　B）概要设计　　　C）软件维护　　　D）详细设计

**解析：** 通常把软件产品从提出、实现、使用、维护到停止使用（退役）的过程称为软件生命周期。软件生命周期分为计划、开发和运行 3 个时期。其中计划期主要包括问题定义和可行性研究两个阶段；开发期包括分析、设计和实施两类任务；分析即为需求分析，设计包括总体设计和详细设计两个阶段，实施则包括编码和测试两个阶段；运行期的任务是软件维护。

**答案：** C

【真题3】下列叙述中正确的是＿＿＿＿。（2005 年 9 月）

A）软件交付使用后还需要进行维护

B）软件一旦交付使用就不需要再进行维护

C）软件交付使用后其生命周期就结束

D）软件维护是指修复程序中被破坏的指令

**解析：** 维护是软件生命周期的最后一个阶段，也是持续时间最长、付出代价最大的阶段，在软件交付使用后，还需要进行维护。

**答案：** A

### 🕮 题型点睛

1．通常把软件产品从提出、实现、使用、维护到停止使用（退役）的过程称为软件生命周期。可以将软件生命周期分为软件定义、软件开发及软件运行维护三个阶段。

2．软件生命周期的主要活动阶段是：（1）可行性研究与计划制定；（2）需求分析；（3）软件设计；（4）软件实现；（5）软件测试；（6）运行和维护。

### 🐌 即学即练

【试题1】软件生命周期中所花费用最多的阶段是＿＿＿＿。

A）详细设计　　　B）软件编码　　　C）软件测试　　　D）软件维护

【试题2】软件开发的结构化生命周期方法将软件生命周期划分成＿＿＿＿。

A）定义、开发、运行维护　　　　　B）设计阶段、编程阶段、测试阶段

C）总体设计、详细设计、编程调试　D）需求分析、功能定义、系统设计

## TOP17：软件设计基本概念

### 👉 真题分析

【真题1】从工程管理角度看，软件设计一般分为两步完成，它们是＿＿＿＿。

（2006 年 9 月）

A）概要设计与详细设计

　　B）数据设计与接口设计

　　C）软件结构设计与数据设计

　　D）过程设计与数据设计

　　**解析：**软件设计是开发阶段最重要的步骤。从工程管理的角度来看可分为两步：概要设计和详细设计。从技术观点来看，软件设计包括软件结构设计、数据设计、接口设计、过程设计 4 个步骤。

　　**答案：**A

## 题型点睛

　　1．软件设计是软件工程的重要阶段，是一个把软件需求转换为软件表示的过程。软件设计的基本目标是用比较抽象概括的方式确定目标系统如何完成预定的任务，即软件设计是确定系统的物理模型。

　　2．从技术观点来看，软件设计包括软件结构设计、数据设计、接口设计、过程设计。

　　结构设计：定义软件系统各主要部件之间的关系。

　　数据设计：将分析时创建的模型转化为数据结构的定义。

　　接口设计：描述软件内部、软件和协作系统之间以及软件与人之间如何通信。

　　过程设计：把系统结构部件转换成软件的过程描述。

　　3．从工程管理角度来看，软件设计包括：概要设计和详细设计。

## 即学即练

　　【试题 1】软件设计包括软件的结构、数据接口和过程设计，其中软件的过程设计是指_____。

　　A）模块间的关系

　　B）系统结构部件转换成软件的过程描述

　　C）软件层次结构

　　D）软件开发过程

# TOP18：软件设计的基本原理

## 👉 真题分析

【真题1】在结构化程序设计中, 模块划分的原则是＿＿＿＿＿。（2007 年 4 月）

A）各模块应包括尽量多的功能

B）各模块的规模应尽量大

C）各模块之间的联系应尽量紧密

D）模块内具有高内聚度、模块间具有低耦合度

**解析：** 在结构化程序设计中, 一般较优秀的软件设计尽量做到高内聚、低耦合, 这样有利于提高软件模块的独立性, 这也是模块划分的原则。

**答案：** D

【真题2】下列软件系统结构图的宽度为＿＿＿＿＿。（2006 年 9 月）

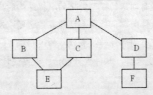

**解析：** 在程序结构图的有关术语中, 宽度的概念是：整体控制跨度, 即各层中所含的模块数的最大值, 由图可得此软件系统结构图的宽度为 3。

**答案：** 3

【真题3】两个或两个以上模块之间关联的紧密程度称为＿＿＿＿＿。（2006 年 4 月）

A）耦合度　　　B）内聚度　　　C）复杂度　　　D）数据传输特性

**解析：** 模块的独立程度可以由两个定性标准度量：内聚性和耦合性。耦合衡量不同模块彼此间互相依赖（连接）的紧密程度；内聚衡量一个模块内部各个元素彼此结合的紧密程度。一般来说, 要求模块之间的耦合尽可能的弱, 而要求模块的内聚程度尽可能的高。

**答案：** A

【真题 4】为了使模块尽可能独立，要求_____。（2005 年 4 月）

A）模块的内聚程度要尽量高，且各模块间的耦合程度要尽量强

B）模块的内聚程度要尽量高，且各模块间的耦合程度要尽量弱

C）模块的内聚程度要尽量低，且各模块间的耦合程度要尽量弱

D）模块的内聚程度要尽量低，且各模块间的耦合程度要尽量强

**解析：** 系统设计的质量主要反映在模块的独立性上。评价模块独立性的主要标准有两个：一是模块之间的耦合，它表明两个模块之间互相独立的程度；二是模块内部之间的关系是否紧密，称为内聚。一般来说，要求模块之间的耦合尽可能地弱，即模块尽肯能独立，而要求模块的内聚程度尽量地高。综上所述，选项 B 的答案正确。

**答案：** B

## 题型点睛

1. 软件设计中应该遵循的基本原理和与软件设计有关的概念。

(1) 抽象：抽象是一种思维工具，就是把事物本质的共同特性提取出来而不考虑其他细节。

(2) 模块化：把一个待开发的软件分解成若干个小的简单的部分。

(3) 信息隐蔽：在一个模块内包含的信息（过程或数据），对于不需要这些信息的其他模块来说是不能访问的。

(4) 模块独立性：每个模块只完成系统要求的独立的子功能，并且与其他模块的联系最少且接口简单。这是评价设计好坏的重要度量标准。

2. 衡量软件模块独立性使用耦合性和内聚性两个定性的度量标准：

①内聚性是一个模块内部各个元素间彼此结合的紧密程度的度量。内聚是从功能角度来度量模块内的联系。

②耦合性：耦合性是模块间互相连接的紧密程度的度量。耦合性取决于各个模块之间接口的复杂度、调用方式以及哪些信息通过接口。在程序结构中各模块的内聚性越强，则耦合性越弱。优秀软件应高内聚、低耦合。

3. 结构图（SC）是描述软件结构的图形工具。模块用一个矩形表示，箭头表示模块间的调用关系。在结构图中还可以用带注释的箭头表示模块调用过程中来回传递的信息。

## 即学即练

【试题 1】软件设计包括软件的结构、数据接口和过程设计，其中软件的过程设

计是指_____。

　A）模块间的关系

　B）系统结构部件转换成软件的过程描述

　C）软件层次结构

　D）软件开发过程

　【试题2】软件设计中，有利于提高模块独立性的一个准则是_____。

　A）低内聚低耦合　　　　　　B）低内聚高耦合

　C）高内聚低耦合　　　　　　D）高内聚高耦合

# TOP19：结构化分析方法

## 真题分析

　【真题 1】在结构化分析使用的数据流图（DFD）中，利用_____对其中的图形元素进行确切解释。（2007 年 4 月）

　**解析**：数据字典就是用来定义数据流图中的各个成分的具体含义。数据字典的任务是对于数据流图中出现的所有被命名的图形元素在数据字典中加一个词条加以定义，使得每一个图形元素的名字都有一个确切的解释。

　**答案**：数据字典

　【真题2】在软件设计中，不属于过程设计工具的是_____（2005 年 9 月）

　A）PDL(过程设计语言)　　　　B）PAD 图

　C）N–S 图　　　　　　　　　　D）DFD 图

　**解析**：数据流图 DFD，是结构化分析方法最主要的一种图形工具，不属于过程设计工具。

　**答案**：D

## 题型点睛

　1. 结构化方法的核心和基础是结构化程序设计理论。结构化分析方法的实质：着眼于数据流，自顶向下，逐层分解，建立系统的处理流程，以数据流图和数据字典为主要工具,建立系统的逻辑模型。

2．结构化分析的常用工具有:(1) 数据流图;(2) 数据字典;(3) 判定树;(4) 判定表。数据字典是结构化分析的核心。

## 即学即练

【试题1】下列不属于结构化分析的常用工具的是＿＿＿＿。

A）数据流图　　　　B）数据字典　　　　C）判定树　　　　　　　D）PAD 图

【试题2】下列叙述中,不属于结构化分析方法的是＿＿＿＿。

A）面向数据流的结构化分析方法

B）面向数据结构的 Jackson 方法

C）面向数据结构的结构化数据系统开发方法

D）面向对象的分析方法

# TOP20：软件测试的目的和准则

## 真题分析

【真题1】下列叙述中正确的是＿＿＿＿。（2007 年 4 月）

A）软件测试的主要目的是发现程序中的错误

B）软件测试的主要目的是确定程序中错误的位置

C）为了提高软件测试的效率,最好由程序编制者自己来完成软件测试的工作

D）软件测试是证明软件没有错误

**解析:** 软件测试是为了发现错误而执行程序的过程,且为了达到好的测试效果,应该由独立的第三方来构造测试,程序员应尽量避免检查自己的程序。

**答案:** A

【真题2】下列叙述中正确的是＿＿＿＿。（2006 年 4 月）

A）软件测试应该由程序开发者来完成

B）程序经调试后一般不需要再测试

C）软件维护只包括对程序代码的维护

D）以上三种说法都不对

**解析**：因为测试的目的在于发现错误，从心理学角度讲，由程序的编写者自己进行测试是不合适的，为了达到最好的测试效果，应该由独立的第三方进行测试工作，所以选项 A 错误；程序调试，修改一个错误的同时可能引入了新的错误，解决的办法是在修改了错误之后，必须进行回归测试，所以选项 B 错误；所谓软件维护，就是在软件已经交付使用之后，为了改正错误或满足新的需要而修改软件的过程，可见选项 C 也是错误的。

**答案**：D

【真题 3】下列对于软件测试的描述中正确的是 _____。（2005 年 4 月）

A）软件测试的目的是证明程序是否正确

B）软件测试的目的是使程序运行结果正确

C）软件测试的目的是尽可能地多发现程序中的错误

D）软件测试的目的是使程序符合结构化原则

**解析**：软件测试的目标是在精心控制的环境下执行程序，以发现程序中的错误，给出程序可靠性的鉴定。测试不是为了证明程序是正确的，而是在设想程序有错误的前提下进行的，其目的是设法暴露程序中的错误和缺陷。可见选项 C 的说法正确。

**答案**：C

## 题型点睛

1. 软件测试定义：使用人工或自动手段来运行或测定某个系统的过程，其目的在于检验它是否满足规定的需求或是弄清预期结果与实际结果之间的差别。

2. 软件测试的目的：软件测试是为了发现错误而执行程序的过程。

3. 软件测试的准则：①所有测试都应追溯到需求；②严格执行测试计划，排除测试的随意性；③充分注意测试中的群集现象；④程序员应避免检查自己的程序；⑤穷举测试不可能。

## 即学即练

【试题 1】_____ 的目的是暴露错误，评价程序的可靠性；而调试的目的是发现错误的位置并改正错误。

# TOP21：软件测试的方法和实施

## 真题分析

【真题 1】软件测试分为白箱（盒）测试和黑箱（盒）测试, 等价类划分法属于＿＿＿＿测试。（2007 年 4 月）

**解析：**黑箱测试是根据程序的规格说明所规定的功能来设计测试用例, 它不考虑程序的内部结构和处理过程。常用的黑箱测试技术分为等价类划分、边界分析、错误猜测以及因果图等。

**答案：**黑箱或黑盒

【真题 2】程序测试分为静态分析和动态测试。其中＿＿＿＿＿＿是指不执行程序, 而只是对程序文本进行检查, 通过阅读和讨论, 分析和发现程序中的错误。（2006 年 4 月）

**解析：**原则上讲, 可以将软件测试方法分为两大类, 即静态测试和动态测试。静态测试无须执行被测代码, 而是借助专用的软件测试工具评审软件文档或程序, 度量程序静态复杂度, 检查软件是否符合编程标准, 借以发现编写的程序的不足之处, 减少错误出现的概率。动态测试, 是使被测代码在相对真实环境下运行, 从多角度观察程序运行时能体现的功能、逻辑、行为、结构等的行为, 以发现其中的错误现象。程序测试分为静态测试和动态测试。静态测试一般是指人工评审软件文档或程序, 借以发现其中的错误。由于被评审的文档或程序不必运行, 所以称为静态测试。

**答案：**静态分析（静态测试）

【真题 3】在进行模块测试时, 要为每个被测试的模块另外设计两类模块：驱动模块和承接模块（桩模块）。其中＿＿＿＿＿＿的作用是将测试数据传送给被测试的模块, 并显示被测试模块所产生的结果。（2005 年 9 月）

**解析：**由于模块不是一个独立的程序, 不能单独运行, 因此, 在进行模块测试时, 还应为每个被测试的模块另外设计两类模块：驱动模块和承接模块。其中驱动模块的作用是将测试数据传送给被测试的模块, 并显示被测试模块所产生的结果；承接模块的作用是模拟被测试模块的下层模块。通常，承接模块有多个。

**答案:** 驱动模块

## 题型点睛

1. 软件测试的方法和技术分类: 从是否需要执行被测试软件的角度, 分为静态测试和动态测试方法; 按照功能划分, 分为白盒测试和黑盒测试方法。

2. 静态测试包括代码检查、静态结构分析、代码质量度量。不实际运行软件, 主要通过人工进行; 动态测试是基本计算机的测试, 主要包括白盒测试方法和黑盒测试方法。

3. 白盒测试: 在程序内部进行, 主要用于完成软件内部操作的验证。主要方法有逻辑覆盖、基本路径测试; 黑盒测试: 主要诊断功能不对或遗漏、界面错误、数据结构或外部数据库访问错误、性能错误、初始化和终止条件错, 用于软件确认。主要方法有等价类划分法、边界值分析法、错误推测法、因果图等。

4. 软件测试过程一般按 4 个步骤进行: 单元测试、集成测试、验收测试 (确认测试) 和系统测试。

## 即学即练

【试题1】若按功能划分, 软件测试的方法通常分为白盒测试方法和_____测试方法。

【试题2】单元测试又称模块测试, 一般采用_____测试。

# TOP22: 程序的调试

## 真题分析

【真题1】_____的任务是诊断和改正程序中的错误。 (2006 年 9 月)

**解析:** 在完成对程序的测试之后将进行程序调试。程序调试的任务是诊断和改正程序中的错误。

**答案:** 程序调试

**【真题2】**下列叙述中正确的是＿＿＿＿。（2005年9月）

A）程序设计就是编制程序

B）程序的测试必须由程序员自己去完成

C）程序经调试改错后还应进行再测试

D）程序经调试改错后不必进行再测试

**解析：**软件测试仍然是保证软件可靠性的主要手段，测试的目的是要尽量发现程序的错误，调试主要是推断错误的原因，从而进一步改正错误。测试和调试是软件测试阶段的两个密切相关的过程，通常是交替进行的。

**答案：**C

**【真题3】**诊断和改正程序中错误的工作通常称为＿＿＿＿。（2005年4月）

**解析：**调试也称排错，调试的目的是发现错误的位置，并改正错误。一般的调试过程分为错误侦查、错误诊断和改正错误。

**答案：**调试

## 题型点睛

1. 程序调试的任务是诊断和改正程序中的错误，主要在开发阶段进行。

2. 程序调试的基本步骤：(1) 错误定位，(2) 修改设计和代码，以排除错误，(3) 进行回归测试，防止引进新的错误。

3. 软件调试可分表静态调试和动态调试。静态调试主要是指通过人的思维来分析源程序代码和排错，是主要的设计手段，而动态调试是辅助静态调试。主要调试方法有：(1) 强行排错法，(2) 回溯法，(3) 原因排除法。

## 即学即练

**【试题1】**软件调试的目的是＿＿＿＿。

A）发现错误　　　　　　　　B）改正错误

C）改善软件的性能　　　　　D）挖掘软件的潜能

**【试题2】**下列不属于软件调试技术的是＿＿＿＿。

A）强行排错法　　　　　　　B）集成测试法

C）回溯法　　　　　　　　　D）原因排除法

## 本章即学即练答案

| 序号 | 答案 | 序号 | 答案 |
| --- | --- | --- | --- |
| TOP15 | 【试题1】答案: D<br>【试题2】答案: C | TOP16 | 【试题1】答案: D<br>【试题2】答案: A |
| TOP17 | 【试题1】答案: B | TOP18 | 【试题1】答案: B<br>【试题2】答案: C |
| TOP19 | 【试题1】答案: D<br>【试题2】答案: D | TOP20 | 【试题1】答案: 测试 |
| TOP21 | 【试题1】答案: 黑盒<br>【试题2】答案: 动态 | TOP22 | 【试题1】答案: B<br>【试题2】答案: B |

# 第4章　数据库设计基础

## TOP23：数据库的基本概念

### 真题分析

【真题1】下列叙述中错误的是_____。（2007年4月）

A）在数据库系统中，数据的物理结构必须与逻辑结构一致

B）数据库技术的根本目标是要解决数据的共享问题

C）数据库设计是指在已有数据库管理系统的基础上建立数据库

D）数据库系统需要操作系统的支持

**解析：** 数据库设计是根据用户的需求，在某一具体的数据库管理系统上设计数据库的结构并建立数据库的过程；数据库技术的根本目标是要解决数据共享的问题；数据库需要操作系统的支持；数据的物理结构又称数据的存储结构，就是数据元素在计算机存储器中的表示及其配置。数据的逻辑结构是指数据元素之间的逻辑关系，它是数据在用户或程序员面前的表现的方式，在数据库系统中，数据的物理结构不一定与逻辑结构一致。

**答案：** A

【真题2】在数据库系统中，实现各种数据管理功能的核心软件称为_____。（2007年4月）

**解析：** 数据库管理系统（Database Management System）简称DBMS，对数据库统一进行管理和控制，以保证数据库的安全性和完整性。它是数据库系统的核心软件。

**答案：** 数据库管理系统

【真题3】数据库技术的根本目标是要解决数据的_____。（2006年9月）

A）存储问题　　　B）共享问题　　　C）安全问题　　　D）保护问题

**解析：** 由于数据的集成性使得数据可被多个应用程序所共享，特别是在网络发达的今天，数据库与网络的结合扩大了数据库的应用范围，所以数据库技术的根本目标是解决数据的共享问题。

**答案：** B

【真题4】数据库 DB、数据库系统 DBS、数据库管理系统 DBMS 之间的关系是＿＿＿＿＿。（2006 年 4 月）

A）DB 包含 DBS 和 DBMS　　　　B）DBMS 包含 DB 和 DBS

C）DBS 包含 DB 和 DBMS　　　　D）没有任何关系

**解析：** DB 即数据库（Database），是统一管理的相关数据的集合；DBMS 即数据库管理系统（Database Management System），是位于用户与操作系统之间的一层数据管理软件，为用户或应用程序提供访问 DB 的方法；DBS 即数据库系统（Database System）由如下 5 部分组成，数据库（数据）、数据库管理系统（软件）、数据库管理员（人员）、系统平台之一——硬件平台（硬件）、系统平台之二——软件平台（软件）。

**答案：** C

【真题5】数据库设计的根本目标是要解决＿＿＿＿＿。（2005 年 9 月）

A）数据共享问题　　　　　　　B）数据安全问题

C）大量数据存储问题　　　　　D）简化数据维护

**解析：** 数据库中的数据具有"集成"与"共享"的特点，亦即数据库集中了各种应用的数据，进行统一构造与存储，而使它们可以被不同应用程序所使用，故选项 A 正确。

**答案：** A

【真题6】数据库系统的核心是＿＿＿＿＿。（2005 年 9 月）

A）数据模型　　　　　　　　　B）数据库管理系统

C）数据库　　　　　　　　　　D）数据库管理员

**解析：** 数据库管理系统 DBMS 是数据库系统的核心。DBMS 是负责数据库的建立、使用和维护的软件。DBMS 建立在操作系统之上，实施对数据库的统一管理和控制。用户使用的各种数据库命令以及应用程序的执行，最终都必须通过 DBMS。另外，DBMS 还承担着数据库的安全保护工作，按照 DBA 所规定的要求，保证数据库的完整性和安全性。

答案: B

## 🅰 题型点睛

1. 数据库 (DataBase 简称为 DB) 技术的根本目标是要解决数据的共享问题。

2. DBS 即数据库系统 (Database System) 由如下 5 部分组成数据库 (数据)、数据库管理系统 (软件)、数据库管理员 (人员)、系统平台之一 ——硬件平台 (硬件)、系统平台之二——软件平台 (软件)。

3. 据库管理系统 (Database Management System, 简称为 DBMS) 是系统软件, 负责对数据库的数据组织、数据操纵、数据维护、控制及保护和数据服务等。数据库管理系统是数据库系统的核心。

## 🅰 即学即练

【试题 1】下列有关数据库的描述, 正确的是_____。

A) 数据库是一个 DBF 文件　　　B) 数据库是一个关系

C) 数据库是一个结构化的数据集合　D) 数据库是一组文件

【试题 2】下列叙述中正确的是_____。

A) 数据库是一个独立的系统, 不需要操作系统的支持

B) 数据库设计是指设计数据库管理系统

C) 数据库技术的根本目标是要解决数据共享的问题

D) 数据库系统中, 数据的物理结构必须与逻辑结构一致

【试题 3】数据库系统的核心是_____。

A) 数据模型　　　　　　　　　B) 数据库管理系统

C) 软件工具　　　　　　　　　D) 数据库

# TOP24: 数据库系统的发展和基本特点

## 🅰 真题分析

【真题 1】数据独立性分为逻辑独立性与物理独立性。当数据的存储结构改变时,

其逻辑结构可以不变,因此,基于逻辑结构的应用程序不必修改,称为＿＿＿＿＿。(2006年4月)

**解析:** 数据独立性是数据与程序间的互不依赖性,即数据库中的数据独立于应用程序而不依赖于应用程序。数据独立性一般分为物理独立性和逻辑独立性。物理独立性就是数据的物理结构的改变,不影响数据库的逻辑结构,从而不致引起应用程序的改变。逻辑独立性就是数据库总体逻辑结构的改变,不需要相应修改应用程序。

**答案:** 物理独立性

**【真题2】**数据管理技术发展过程经过人工管理、文件系统和数据库系统三个阶段,其中数据独立性最高的阶段是＿＿＿＿＿。(2005年9月)

**解析:** 在数据库系统管理阶段,数据是结构化的,是面向系统的,数据的冗余度小,从而节省了数据的存储空间,也减少了对数据的存取时间,提高了访问效率,避免了数据的不一致性,同时提高了数据的可扩充性和数据应用的灵活性;数据具有独立性,通过系统提供的映像功能,使数据具有两方面的独立性:一是物理独立性,二是逻辑独立性;保证了数据的完整性、安全性和并发性。综上所述,数据独立性最高的阶段是数据库系统管理阶段。

**答案:** 数据库系统

**【真题 3】**数据独立性是数据库技术的重要特点之一。所谓数据独立性是指＿＿＿＿＿。(2005年4月)

A)数据与程序独立存放

B)不同的数据被存放在不同的文件中

C)不同的数据只能被对应的应用程序所使用

D)以上三种说法都不对

**解析:** 数据具有两方面的独立性:一是物理独立性,即由于数据的存储结构与逻辑结构之间由系统提供映像,使得当数据的存储结构改变时,其逻辑结构可以不变,因此,基于逻辑结构的应用程序不必修改;二是逻辑独立性,即由于数据的局部逻辑结构(它是总体逻辑结构的一个子集,由具体的应用程序所确定,并且根据具体的需要可以作一定的修改)与总体逻辑结构之间也由系统提供映像,使得当总体逻辑结构改变时,其局部逻辑结构可以不变,从而根据局部逻辑结构编写的应用程序也可以不修改。

**答案:** D

## 题型点睛

1. 数据管理经历了人工管理、文件系统、数据库系统三个阶段。文件系统阶段的特点是数据满足一个特定格式而存储，不同程序中使用的数据仍会出现重复存储，也会导致数据冗余。数据库技术的主要目的是有效地管理和存取大量的数据资源，数据库系统阶段的数据独立性最高。

2. 数据库系统的特点：①数据的集成性，②数据高共享性与低冗余性，③数据独立性：数据独立性是数据与程序之间互不依赖。也就是数据的逻辑结构、存储结构、与存取方式的改变不会影响应用程序。

3. 数据独立性包括物理独立性和逻辑独立性。

物理独立性：数据的物理结构（如存储设备更换、物理存储方式）的改变，不影响数据库的逻辑结构，也不引起应用程序的变化。

逻辑独立性：数据库整体逻辑结构（如修改数据、增加新数据类型、改变数据间联系等）改变，不需要修改应用程序。

## 即学即练

【试题 1】下列 4 项中说法不正确的是＿＿＿＿。

A）数据库减少了数据冗余　　　　　B）数据库中的数据可以共享

C）数据库避免了一切数据的重复　　D）数据库具有较高的数据独立性

【试题 2】在数据管理技术发展过程中，文件系统与数据库系统的主要区别是数据库系统具有＿＿＿＿。

A）特定的数据模型　　　　　　　　B）数据无冗余

C）数据可共享　　　　　　　　　　D）专门的数据管理软件

# TOP25：数据库系统的内部体系结构

## 真题分析

【真题 1】在数据库系统中，用户所见的数据模式为＿＿＿＿。（2006 年 9 月）

A）概念模式　　　B）外模式　　　C）内模式　　　D）物理模式

**解析:** 外模式是用户与数据库系统的接口, 是用户用到的那部分数据的描述。它有概念模式导出。一个概念模式可以有若干个外模式, 每个用户只关心与它有关的外模式, 这样不仅可以屏蔽大量无关信息, 而且有利于数据维护。

**答案:** B

### 题型点睛

数据库系统在其内部具有三级模式: 概念级模式、内部级模式与外部级模式。

①概念模式: 是数据库系统中全局数据逻辑结构的描述, 是全体用户(应用)公共数据视图。概念模式主要描述数据的概念记录类型以及它们间的关系, 它还包括一些数据间的语义约束, 对它的描述可用 DBMS 中的 DDL 语言定义。

②内模式: 又称物理模式, 它给出了数据库物理存储结构与物理存取方法, 如数据存储的文件结构、索引、集簇及 hash 等存取方式与存取路径, 内模式的物理性主要体现在操作系统及文件级上, 它还未深入到设备级上(如磁盘及磁盘操作)。DBMS 一般提供相关的内模式描述语言 (内模式DDL)。

③外模式: 也称子模式或用户模式, 它是用户的数据视图, 也就是用户所见到的数据模式, 它由概念模式推导而出。在一般的 DBMS 中都提供有相关的外模式描述语言 (外模式DDL)。

### 即学即练

【试题1】单个用户使用的数据视图的描述称为_____。

A) 外模式　　　　B) 概念模式　　　　C) 内模式　　　　D) 存储模式


# TOP26: 数据模型的基本概念

### 真题分析

【真题1】用树形结构表示实体之间联系的模型是_____。(2005 年 4 月)

A) 关系模型　　　　　　　　B) 网状模型

C) 层次模型　　　　　　　　D) 以上三个都是

**解析:** 在数据库系统中, 由于采用的数据模型不同, 相应的数据库管理系统(DBMS)

也不同。目前常用的数据模型有三种：层次模型、网状模型和关系模型。在层次模型中，实体之间的联系是用树结构来表示的，其中实体集（记录型）是树中的结点，而树中各结点之间的连线表示它们之间的关系。

**答案：** C

### 📖 题型点睛

1. 数据模型所描述的内容有三部分：数据结构、数据操作、数据约束。

2. 数据模型按不同应用层次分为三种类型：①概念数据模型，②逻辑数据模型，有层次模型（基本结构是树形结构）、网状模型（出现略晚于层次模型，从图论观点看是一个不加任何条件限制的无向图）、关系模型（采用二维表来表示，简称表）、面向对象模型等，③物理数据模型。

### 🐁 即学即练

【试题 1】下列说法中，不属于数据模型所描述的内容的是＿＿＿＿＿。

A）数据结构　　　B）数据操作　　　C）数据查询　　　D）数据约束

## TOP27：E-R 模型

### 📑 真题分析

【真题 1】在 E-R 图中，用来表示实体之间联系的图形是＿＿＿＿＿。（2007 年 4 月）

A）矩形　　　　B）椭圆形　　　　C）菱形　　　　D）平行四边形

**解析：** E-R 模型可用 E-R 图来表示，它具有 3 个要素：1. 实体用矩形框表示，框内为实体名称。2. 属性用椭圆型来表示，并用线与实体连接。若属性较多时也可以将实体及其属性单独列表。3. 实体间的联系用菱形框表示。用线将菱形框与实体相连，并在线上标注联系的类型。

**答案：** C

【真题 2】"商品"与"顾客"两个实体集之间的联系一般是＿＿＿＿＿。（2006 年 4 月）

　　A）一对一　　　　B）一对多　　　　C）多对一　　　　D）多对多

　　**解析：**两个实体集之间的联系实际上是实体集间的函数关系，主要有 3 种：一对一的联系，一对多的联系，多对多的联系。"商品"与"顾客"两个实体集之间的联系一般是多对多，因为一种"商品"可以被多个"顾客"购买，而一个"顾客"也可以购买多种"商品"。

　　**答案：**D

　　【真题3】在 E-R 图中，用来表示实体的图形是＿＿＿＿＿＿。（2006 年 4 月）

　　A）矩形　　　　B）椭圆形　　　　C）菱形　　　　D）三角形

　　**解析：**在 E-R 图中，用矩形表示实体集，用椭圆形表示属性，用菱形（内部写上联系名）表示联系。

　　**答案：**A

## 🦉 题型点睛

　　1. E-R 模型由上面三个基本概念组成。由实体、联系、属性三者结合起来才能表示一个现实世界。

　　2. 两个实体集间联系可分为：

　　　1）一对一联系（one to one relationship）简记为 1：1。

　　　2）一对多联系（one to Many relationship）简记为：1:m 或 m:1。

　　　3）多对多联系（many to many relationship）简记为：m:n。

　　3. E-R 模型可以用图的形式表示。这种图称为 E-R 图，在 E-R 图中分别用不同的几何图形表示 E-R 模型中的三个概念与两个联接关系。用矩形表示实体集，用椭圆形表示属性，用菱形（内部写上联系名）表示联系。

## 🐌 即学即练

　　【试题1】将 E-R 图转换到关系模式时，实体与联系都可以表示成＿＿＿＿＿＿。

　　A）属性　　　　B）关系　　　　C）键　　　　D）域

　　【试题2】实体是信息世界中广泛使用的一个术语，它用于表示＿＿＿＿＿＿。

　　A）有生命的事物　　　　　　　　B）无生命的事物

　　C）实际存在的事物　　　　　　　D）一切事物

　　【试题3】实体之间的联系可以归结为一对一联系、一对多（或多对多）的联系与多对多联系。如果一个教师只能归属于一个学校，则实体集学校与实体集教师之间的联系属于_____的联系。

# TOP28：关系模型

## 真题分析

【真题1】一个关系表的行称为_____。（2006年9月）

**解析：** 在关系中，水平方向的行称为元组，垂直方向的列称为属性，每一列有一个属性名。

**答案：** 元组

【真题2】在关系模型中，把数据看成是二维表，每一个二维表称为一个_____。（2006年4月、2005年4月）

**解析：** 在关系模型中，把数据看成一个二维表，每一个二维表称为一个关系。表中的每一列称为一个属性，相当于记录中的一个数据项，对属性的命名称为属性名，表中的一行称为一个元组，相当于记录值。

**答案：** 关系（或关系表）

## 题型点睛

1. 在关系模型中，把数据看成一个二维表，每一个二维表称为一个关系。表中的每一列称为一个属性，相当于记录中的一个数据项，对属性的命名称为属性名，表中的一行称为一个元组，相当于记录值。

2. 关系模型的数据操作即是建立在关系上的数据操作，一般有查询、增加、删除和修改四种操作。

## 即学即练

【试题1】下列有关数据库的描述，正确的是_____。

A）数据处理是将信息转化为数据的过程

B）数据的物理独立性是指当数据的逻辑结构改变时，数据的存储结构不变

C）关系中的每一列称为元组，一个元组就是一个字段

D）如果一个关系中的属性或属性组并非该关系的关键字，但它是另一个关系的关键字，则称其为本关系的外关键字

【试题 2】最常用的一种基本数据模型是关系数据模型，它的表示应采用_____。

A）树　　　　　　B）网络　　　　　C）图　　　　　D）二维表

# TOP29：关系代数

## 👉 真题分析

【真题1】在下列关系运算中，不改变关系表中的属性个数但能减少元组个数的是_____。（2007 年 4 月）

A）并　　　　　　B）交　　　　　　C）投影　　　　　D）笛卡儿乘积

解析：在关系运算中，"交"的定义如下：设 R1 和 R2 为参加运算的两个关系，它们具有相同的度 n，且相应的属性值取自同一个域，则 R1∩R2 为交运算，结果仍为度为 n 的关系，其中的元组既属于 R1 又属于 R2。根据定义可知，不改变关系表的属性个数但能减少元组个数的是交运算，故本题答案为 B。

答案：B

【真题 2】设有如下三个关系表

| R | | S | | | T | | |
|---|---|---|---|---|---|---|---|
| A | | B | C | | A | B | C |
| m | | 1 | 3 | | m | 1 | 3 |
| n | | | | | n | 1 | 3 |

下列操作中正确的是_____。（2006 年 9 月）

A）T=R∩S　　　　B）T=R∪S　　　　C）T=R×S　　　　D）T=R/S

解析：对于两个关系的合并操作可以用笛卡儿积表示。设有 n 元关系 R 和 m 元关系 S，它们分别有 p 和 q 个元组，则 R 与 S 的笛卡儿积记为 R×S，它是一个 m+n 元关系，元组个数是 p×q，由题意可得，关系 T 是由关系 R 与关系 S 进行笛卡儿运算得到的。

答案：C

## ② 题型点睛

1. 关系是有序组的集合，可将关系操作看成是集合的运算。

（1）插入：R∪R'

（2）删除：R-R'

（3）修改。修改关系 R 内的元组内容可用下面方法实现：一是设需修改的元组构成关系 R'，则先做删除：R-R'。二是设修改后的元组构成关系 R''，此时将其插入即得到结果：(R-R')∪R''。

(4)查询。查询可用下面的运算。

投影运算：投影运算是一个一元运算，一个关系通过投影运算后仍为一个关系 R'。R'是这样一个关系，它是 R 中投影运算所指出的那些域的列所组成的关系。

选择运算：选择运算是一个一元运算，关系 R 通过选择运算后仍为一个关系。这个关系是由 R 中那些满足逻辑条件的元组所组成。笛卡儿积运算：两个关系的合并操作可用笛卡儿积表示。设有 n 元关系 R 及 m 元关系 R，它们分别有 p,q 个元组，则 R 与 S 的笛卡儿积为 R×S，该关系是一个 n+m 元关系，元组个数为 p×q。

2. 除了上面几个基本运算外，关系代数中还有如下运算。

（1）交运算。交运算是将两个关系中共有元组表示为：R∩S。

（2）除运算。将一个关系中元组去除另一个关系中元组。表示为：T/S。

（3）连接与自然连接运算。

## ⌐ 即学即练

【试题1】按条件 f 对关系 R 进行选择，其关系代数表达式为_____。

A) R|×|R　　　　B) R|×|Rf　　　　C) σf(R)　　　　D) ∏f(R)

# TOP30：数据库设计与管理

## ☞ 真题分析

【真题1】数据库设计的四个阶段是:需求分析,概念设计,逻辑设计和_____。
（2006 年 9 月）

　　A）编码设计　　　B）测试阶段　　　C）运行阶段　　　D）物理设计

　　**解析：** 数据库设计目前一般采用生命周期法，即将整个数据库应用系统的开发分解成目标独立的若干阶段。它们是：需求分析阶段、概念设计阶段、逻辑设计阶段和物理设计阶段。

　　**答案：D**

## 题型点睛

　　整个数据库应用系统的开发分解成目标独立的若干阶段：需求分析阶段、概念设计阶段、逻辑设计阶段、物理设计阶段、编码阶段、测试阶段、运行阶段、进一步修改阶段。数据库设计中采用上面的前四个阶段，并重点以数据结构与模型的设计为主线。

## 即学即练

　　【试题1】在数据库设计中，将E-R图转换成关系数据模型的过程属于＿＿＿＿＿。

　　A）需求分析阶段　　　　　　　　B）逻辑设计阶段

　　C）概念设计阶段　　　　　　　　D）物理设计阶段

# 本章即学即练答案

| 序号 | 答案 | 序号 | 答案 |
|---|---|---|---|
| TOP23 | 【试题1】答案：C<br>【试题2】答案：C<br>【试题3】答案：B | TOP24 | 【试题1】答案：C<br>【试题2】答案：A |
| TOP25 | 【试题1】答案：A | TOP26 | 【试题1】答案：C |
| TOP27 | 【试题1】答案：B<br>【试题2】答案：C<br>【试题3】答案：一对多 | TOP28 | 【试题1】答案：D<br>【试题2】答案：D |
| TOP29 | 【试题1】答案：C | TOP30 | 【试题1】答案：B |

# 第5章　程序设计基本概念

## TOP31：各种"程序"的概念

### 👉 真题分析

【真题1】下列叙述中错误的是_____。（2007年4月）

A）计算机不能直接执行用C语言编写的源程序

B）C程序经编译后，生成后缀为.obj的文件是一个二进制文件

C）后缀为.obj的文件，经连接程序生成后缀为.exe的文件是一个二进制文件

D）后缀为.obj和.exe的二进制文件都可以直接运行

**解析：** 高级语言编写的源程序必须经过编译程序编译转换成二进制的机器指令文件（目标文件*.obj），再经过链接程序将.obj文件与C语言提供的库函数链接起来生成一个.exe的可执行文件，只有可执行文件才能被计算机执行。可执行文件是一个二进制文件。

**答案：** D

【真题2】以下叙述中错误的是_____。（2006年4月）

A）C语言源程序经编译后生成后缀为.obj的目标程序

B）C程序经过编译、连接步骤之后才能形成一个真正可执行的二进制机器指令文件

C）用C语言编写的程序称为源程序，它以ASCII代码形式存放在一个文本文件中

D）C语言中的每条可执行语句和非执行语句最终都将被转换成二进制的机器指令

**解析：** 由真题1的解析可知A，B，C正确；由于只有可执行语句才能最终被转换成二进制的机器指令，所以D错误。

**答案：**D

## 🌀 题型点睛

1. 我们把由高级语言编写的程序称为"源程序"，由二进制代码表示的程序称为"目标程序"，而"编译程序"是指可以把源程序转换成目标程序的软件。

2. 每条 C 语句经过编译（Compile）最终将转换成二进制的机器指令（.OBJ 的文件）。最后还要由"连接程序"（Link）将此 OBJ 文件与 C 语言提供的各种库函数连接起来生成一个后缀为.EXE 的可执行文件。

## 🐟 即学即练

【试题1】以下叙述中正确的是＿＿＿＿＿。

A）C 语言的源程序不必通过编译就可以直接运行

B）C 语言中的每条可执行语句最终都将被转换成二进制的机器指令

C）C 源程序经编译形成的二进制代码可以直接运行

D）C 语言中的函数不可以单独进行编译

# TOP32：算法的特性

## ☞ 真题分析

【真题 1】算法中，对需要执行的每一步操作，必须给出清楚、严格的规定，这属于算法的＿＿＿＿＿。（2007 年 4 月）

A）正当性　　　B）可行性　　　C）确定性　　　D）有穷性

**解析：** 算法具有以下五个特性：①有穷性，即一个算法应包含有限个操作步骤；②确定性，即算法中每条指令必须有明确的含义，不能有二义性，也就是说，对需要执行的每一步操作，必须给出清楚、严格的规定；③可行性，即算法中指定的操作都可以通过已经实现的基本运算执行有限次后实现；④有零个或多个输入；⑤有一个或多个输出。因此 A 不属于算法的特性，B，D 不符合题中给出的对算法特性的描述。

**答案：**C

**【真题2】**以下叙述中错误的是_____。（2006年4月）

A）算法正确的程序最终一定会结束

B）算法正确的程序可以有零个输出

C）算法正确的程序可以有零个输入

D）算法正确的程序对于相同的输入一定有相同的结果

**解析：**A指的是算法的有穷性，正确；C指的是算法有零个或多个输入，正确；D指的是算法的确定性，即算法的每条指令没有二义性，对于相同的输入一定有相同的输出，正确。而B的错误之处在于：算法必须有一个或多个输出。

**答案：**B

## 🕹 题型点睛

算法是指为解决某个特定问题而采取的确定且有限的步骤。一个算法应具有以下五个特性：（1）有穷性，（2）确定性，（3）可行性，（4）有零个或多个输入，（5）有一个或多个输出。

## 🐌 即学即练

**【试题1】**一个算法应该具有"确定性"等5个特性，下面对另外4个特性的描述中错误的是_____。

A）有零个或多个输入　　　　　　B）有零个或多个输出

C）有穷性　　　　　　　　　　　D）可行性

# TOP33：结构化程序设计

## 👉 真题分析

**【真题1】**以下叙述中错误的是_____。（2007年4月）

A）C语言是一种结构化程序设计语言

B）结构化程序由顺序、分支、循环三种基本结构组成

C）使用三种基本结构构成的程序只能解决简单问题

D）结构化程序设计提倡模块化的设计方法

**解析：** C 语言是一种结构化语言，它直接提供了三种基本结构的语句：顺序、分支、循环结构；计算机在处理复杂任务时，常常需要把这个大任务分解为若干个子任务，每个子任务又分成很多个小子任务，每个小子任务只完成一项简单的功能。在程序设计时，用一个个小模块来实现这些功能。结构化程序设计提倡模块化的设计方法；而这些小模块就是由三种基本结构的程序组成的算法，因此它们能够完成任何复杂的任务。

**答案：** C

## 题型点睛

1. 结构化程序由三种基本结构组成：顺序结构、选择结构和循环结构。

2. 模块化结构：计算机在处理复杂任务时，常常需要把这个大任务分解为若干个子任务，每个子任务又分成很多个小子任务，每个小子任务只完成一项简单的功能。在程序设计时，用一个个小模块来实现这些功能。我们称这样的程序设计方法为"模块化"，由一个个功能模块构成的程序结构就称为模块化结构。

## 即学即练

【试题 1】C 语言中用于结构化程序设计的三种基本结构是_____。

A）顺序结构、选择结构、循环结构　　　　B）if、switch、break

C）for、while、do-while　　　　D）if、for、continue

# 本章即学即练答案

| 序号 | 答案 | 序号 | 答案 |
|------|------|------|------|
| TOP31 | 【试题 1】答案：B | TOP32 | 【试题 1】答案：B |
| TOP33 | 【试题 1】答案：A | | |

# 第6章 C程序设计的初步知识

## TOP34：C程序的结构和格式

### 真题分析

**【真题1】**对于一个正常运行的C程序,以下叙述中正确的是_____。（2007年4月）

A）程序的执行总是从main函数开始,在main函数结束

B）程序的执行总是从程序的第一个函数开始,在main函数结束

C）程序的执行总是从main函数开始,在程序的最后一个函数中结束

D）程序的执行总是从程序的第一个函数开始,在程序的最后一个函数中结束

**解析:** 一个实用的C语言源程序总是由许多函数组成,这些函数都是根据实际任务,由用户自己来编写。在这些函数中可以调用C提供的库函数,也可以调用由用户自己或他人来编写的函数。但是,一个C语言源程序无论包含了多少函数,C程序总是从main函数开始执行。

**答案:** A

**【真题2】**以下关于函数的叙述中正确的是_____。（2005年9月）

A）每个函数都可以被其他函数调用（包括main函数）

B）每个函数都可以被单独编译

C）每个函数都可以单独运行

D）在一个函数内部可以定义另一个函数

**解析:** main是主函数名,C语言规定必须用main作为主函数名。main函数被定义为程序的入口,调用它容易使程序陷入死循环,A错误；其他的函数须经过主函数调用才能运行,C错误；C语言规定每个函数必须独立定义,所以在一个函数内部不可定义另一个函数,D错误。

答案：B

## 题型点睛

1. main 是主函数名，C 语言规定必须用 main 作为主函数名。一个 C 语言源程序无论包含了多少函数，C 程序总是从 main 函数开始执行。

2. 在函数的起始行后面是函数体，由一对大括号"{}"括起来的语句集合。

3. 每个语句和变量定义的最后必须有一个分号，分号是 C 语句的必要组成部分。

4. C 语言用/\*……\*/对程序进行注释。

5. #include"stdio.h"通常称为命令行，必须用"#"号开头，最后不能加"；"，因为它不是 C 程序中的语句。

## 即学即练

【试题1】在一个 C 程序中，_____。

A）main 函数必须出现在所有函数之前

B）main 函数可以在任何地方出现

C）main 函数必须出现在所有函数之后

D）main 函数必须出现在固定位置

# TOP35：标识符的命名规则

## 真题分析

【真题1】下列定义变量的语句中错误的是_____。（2006 年 9 月）

A）int _int;　　　　B）double int_;　　　　C）char For;　　　　D）float US$

解析：C 语言规定标识符只能由字母（大小写均可，但区分大小写）、数字和下划线 3 种字符组成。第 1 个字符必须为字母或下划线。因此 A、B、C 都符合标识符的定义，而 D 选项中"$"符号不能出现在标识符中。

答案：D

【真题2】以下叙述中错误的是_____。（2005年9月）

A）用户所定义的标识符允许使用关键字

B）用户所定义的标识符应尽量做到"见名知意"

C）用户所定义的标识符必须以字母或下划线开头

D）用户定义的标识符中，大、小写字母代表不同标识

**解析：** 关键字已被C语言本身使用，不可再被用户定义为标识符。A错误。为使用方便，用户所定义的标识符应尽量做到"见名知意"，这样便于记忆，不至于混淆。标识符第一个字符必须为字母或下划线。大小写字母代表不同标识，如"for"是关键字，不可用作标识符，而"For"是合法的标识符。

**答案：** A

## 题型点睛

**标识符的命名规则：**

1．C 语言规定标识符只能由字母（大小写均可，但区分大小写）、数字和下划线3种字符组成。

2．第1个字符必须为字母或下划线。

3．已被C语言本身使用，不能用作变量名、常量名、函数名等。

## 即学即练

【试题1】下列选项中，不能用作标识符的是_____。

A）_1234_　　　　B）_1_2　　　　C）int_2_　　　　D）2_int_

# TOP36：C 语言基本数据类型及其定义规则

## 真题分析

【真题1】有以下程序，其中%u 表示按无符号整数输出。

```
main（）
{unsigned int x=0xFFFF;    /* x 的初值为十六进制数 */
printf（"%u\n",x）;
```

```
}
```

程序运行后的输出结果是_____。（2007 年 4 月）

A）-1          B）65535          C）32767          D）0XFFFF

**解析：** 整型常量分为短整型（short int）、基本整型（int）、长整型（long int）和无符号整型（unsigned）。其中 unsigned int 占用两个字节，数值范围为 0~65535。"%u" 表示按无符号的十进制形式输出整型数。0XFFFF 是两字节中的最大数，转化为十进制为 65535。

**答案：** B

【真题 2】以下不合法的数值常量是_____。（2006 年 4 月）

A）011          B）1e1          C）8.0E0.5          D）0xabcd

**解析：** 八进制数以数字 0 开头，因此，A 是八进制数，合法；在 C 语言中，以"e"或"E"后跟一个整数来表示以 10 为底的幂数，因此"1e1"表示 $1*10^1$，B 合法；十六进制数以 0X（或者 0X）开头，D 选项是一个合法的十六进制数；C 选项中 E 后面不是一个整数，不合法。

**答案：** C

【真题 3】以下程序运行后的输出结果是_____。（2005 年 9 月）

```
main（）
{ int x=0210;          printf（"%x\n",x）;
}
```

**解析：** C 语言中以 0 打头的整数为八进制表示，则 x 的十进制表示为 2*64+8＝136。%x 表示以十六进制输出，136 的十六进制表示应为 88H。所以输出结果为 88。

**答案：** 88

## 题型点睛

1. C 语言中的基本数据类型有：整型、实型和字符型。

2. 整型常量的表示形式以及它们之间的相互转换：

（1）十进制：用一串连续的数字表示。

（2）八进制：以数字 0 开头。

（3）十六进制：以数字 0 和字母 x（或者大写字母 X）开头。

（4）八进制转化为十进制：第 N 位数乘以 $8^{N-1}$ 的和相加，如 0123 转化为十进制为：$1*8^2+2*8^1+3=83$。

（5）十六进制转化为十进制：第 N 位数乘以 $16^{N-1}$ 的和相加，如 0x123 转化为十进制为：$1*16^2+2*16^1+3=291$。

3. 实型常量的表示形式

（1）小数形式：由数字和小数点组成。

（2）指数形式：以 "e" 或 "E" 后跟一个整数表示以 10 为底的幂数，字母 e 或 E 之前必须有数字，且 e 或 E 后面的指数必须为整数。

4. 整型变量、实型变量和字符变量的定义以及分类。

### 即学即练

【试题 1】以下选项中，不能作为合法常量的是_____。

A）1.234e04　　　B）1.234e0.4　　　C）1.234e+4　　　D）1.234e0

【试题 2】以下选项中可作为 C 语言合法整数的是_____。

A）10110B　　　B）0386　　　C）0Xffa　　　D）x2a2

## TOP37：基本类型数据的相互转换

### 真题分析

【真题 1】以下选项中值为 1 的表达式是_____。（2006 年 9 月）

A）1-'0'　　　B）1-'\0'　　　C）'1'-0　　　D）'\0'-'0'

解析：C 语言中两种不同类型的数据在运算前会自动转换成同一类型，此题中，1 是 int 型，'0'、'1'和'\0'都是 char 型，其中，'0'和'1'转换成 int 型的值分别是它们的 ASCII 码 48、49，而'\0'是转义字符，表示 0 或空。由此可见各选项的值分别为 A）-47；B）1；C）49；D）-48。

答案：B

【真题 2】设有定义：float x=123.4567;，则执行以下语句后的输出结果是_____。

（2006 年 9 月）

　　printf（"%f\n"，(int)（x*100+0.5）/100.0）；

　　**解析：** x 是 float 型变量，经 x*100+0.5 运算后，表达式的值仍是 float 型，此时结果为 12346.17，再经（int）（x*100+0.5）强制转化为 int 型，即 int（12346.17），结果为 12346，然后 12346/100.0，在这个运算中，由于 100.0 是 float 型数据，12346 先由 int 型转化为 float 型 12346.0，再除以 100.0，结果为 123.460000，输出 float 型。

　　**答案：** 123.460000

　　**【真题 3】** 设有定义 int k=1,m=2;float f=7;，则以下选项中错误的表达式是＿＿＿＿。（2005 年 9 月）

　　A）k=k>=k　　　　B）-k++　　　　C）k%int（f）　　　　D）k>=f>=m

　　**解析：** f 是实型变量，选项 C 中，% 是求余运算符，其操作数必须为整数，因此需要将 f 强制转换为整型，正确形式应该是 k%（int）f，所以 C 是错误的表达式。

　　**答案：** C

　　**【真题 4】** 已知字母 A 的 ASCII 码为 65。以下程序运行后的输出结果是＿＿＿＿。（2005 年 9 月）

　　main（）

　　{ char a,b;

　　　a='A'+'5'-'3'；　　b=a+'6'-'2'；

　　　printf（"%d %c\n",a,b）；

　　}

　　**解析：** 根据题意，a='A'+'5'-'3'=65+2=67，b=67+4=71，71 即为字母 G 的 ASCII 码值。程序要求按十进制形式输出 a，按字符形式输出 b，所以结果为 67 G。

　　**答案：** 67 G

## 题型点睛

1. 自动转换

C 语言中两种不同类型的数据在运算前会自动转换成同一类型，转换顺序从低到高为 char→short→int→unsigned→long→float→double。

2. 强制转换

强制类型转换表达式的形式：　　（类型名）（表达式）

其中（类型名）称为强制类型转换运算符。

## 即学即练

【试题1】有以下程序

```
main（ ）
{    unsigned  int  a;
     int  b= -1;
     a=b;
     printf（"%u", a ）;
}
```

程序运行后的输出结果是_____。

A）-1　　　　　　　B）65535　　　　　C）32767　　　　　　D）-32768

【试题2】以下程序运行后的输出结果是_____。

```
main（ ）
{    int   a,b,c;
     a=25;
     b=025;
     c=0x25;
     printf（"%d   %d   %d\n", a, b, c ）;
}
```

# TOP38：常见算术运算符的使用

## 真题分析

【真题1】以下选项中,当 x 为大于 1 的奇数时,值为 0 的表达式_____。（2007年4月）

A）x%2==1　　　B）x/2　　　　　C）x%2!=0　　　　D）x%2==0

解析："%"是求余运算符，大于 1 的奇数除以 2，余数必为 1，因此 A 选项表达式左边值为 1，表达式成立，整个表达式值逻辑真，结果是 1，A 错误；"/"是求商运算符，大于 1 的奇数除以 2，商可为任意值，不一定为 0，如 3/2=1，5/2=2…，B 错误；C 选项表达式左边得 1，表达式成立，逻辑真，结果为 1，错误；D 选项表达式左边得 1，右边为 0，表达式不成立，逻辑假，结果为 0，正确。

答案：D

【真题2】以下叙述中错误的是_____。（2006年4月）

A）C程序中的#include和#define行均不是C语句

B）除逗号运算符外，赋值运算符的优先级最低

C）C程序中，j++；是赋值语句

D）C程序中，+、-、*、/、%号是算术运算符，可用于整型和实型数的运算

解析："%"号是求余运算符，两边的操作数只能是整型数，不能用于实型数的运算，D错误。

答案：D

【真题3】以下isprime函数的功能是判断形参a是否为素数，是素数，函数返回1，否则返回0。请填空。

```
int isprime（int a）
{    int i;
       for（i=2；i<=a/2；i++）
              if（a%i==0）  【1】  ；
       【2】 ；
}（2006年4月）
```

解析：这是一个for循环语句，使a对从2开始到a/2的每一个数求余，如果余数为0，则说明可以整除这个数，那么a不是素数，则返回0，所以【1】应填return 0;如果余数不为0，继续循环，循环结束后a对所有数求余都不为0，说明a不能整除任何从2到a/2的每一个数，则说明a是素数。返回1。所以【2】应填return 1。

答案：【1】return 0;    【2】return 1;

## 🈯 题型点睛

在C语言中基本的算术运算符是：+、-、*、/、%。分别为加、减、乘、除、求

余运算符。这些运算符需要两个运算对象，是双目运算符。除求余运算符外，运算对象可以是整型，也可是实型。

求余运算符的运算对象只能是整型。在"%"运算符左侧的运算数为被除数，右侧的运算数为除数，运算结果是两数相除后所得的余数。

几点说明：

（1）双目运算符两边运算数的类型必须一致才能进行操作，所得结果的类型与运算数的类型一致；

（2）如果双目运算符两边运算数的类型不一致，系统将自动使运算符两边的类型达到一致后，再进行运算。

（3）在 C 语言中，所有实型数的运算均以双精度方式进行。若是单精度数，则在尾数部分补 0，使之转化为双精度数。

## 即学即练

【试题 1】设变量 x 为 float 型且已赋值，则以下语句中能将 x 中的数值保留到小数点后两位，并将第三位四舍五入的是_____。

A）x=x*100+0.5/100.0;           B）x=（x*100+0.5）/100.0;

C）x=（int）（x*100+0.5）/100.0;   D）x=（x/100+0.5）*100.0;

【试题 2】若有语句

int  i=-19,j=i%4;

printf（"%d\n",j）；

则输出结果是_____。

# TOP39：算术运算符的优先级顺序

## 真题分析

【真题 1】表达式 3.6-5 / 2+1.2+5%2 的值是_____。（2006 年 4 月）

A）4.3           B）4.8           C）3.3           D）3.8

解析：由算术运算符的优先级可知，这个表达式的运算顺序为：①5/2，结果为 2；

②5%2，结果为 1；③3.6-2+1.2+1，结果为 3.8。

**答案：D**

【真题2】以下不能正确计算代数式 $\sin^2(1/2)/3$ 值的C语言表达式是＿＿＿＿＿。（2005年9月）

A）1/3*sin（1/2）*sin（1/2）　　　　B）sin（0.5）*sin（0.5）/3

C）pow（sin（0.5），2）/3　　　　　D）1/3.0*pow（sin（1.0/2），2）

**解析：** 由于 * 、/ 同级，所以四个选项都是按顺序运算。对于A：1/3得0，表达式的值为0*sin（1/2）*sin（1/2），结果为0；对于B、C、D，结果都与题中给出表达式的值一致，为 $\sin^2(1/2)/3$。

**答案：A**

## 题型点睛

算术运算符和圆括号的优先级次序如下：（由高→低）

（　）→+（单目）-（单目）→ * / %→ +（双目）-（双目）

其中，+（单目）、-（单目）同级；* 、/ 、% 同级；+（双目）、-（双目）同级。

## 即学即练

【试题1】设有定义：float a=2,b=4,h=3;,以下 C 语言表达式与代数式计算结果不相符的是＿＿＿＿＿。

A）（a+b）*h/2　　　　　　　B）（1/2）*（a+b）*h

C）（a+b）*h*1/2　　　　　　D）h/2*（a+b）

# TOP40：自加自减运算符

## 真题分析

【真题1】设有定义：int k=0;,以下选项的四个表达式中与其他三个表达式的值不相同的是＿＿＿＿＿。（2007 年4月）

A）k++　　　　　B）k+=1　　　　　C）++k　　　　　D）k+1

**解析**：对于 A：k 的值为 1，但是表达式的值为 0；对于 BCD：表达式与 k 的值均为 1。

**答案**：A

【真题2】有以下程序

main（）

{int x,y,z;

x=y=1;

z=x++,y++,++y;

printf（"%d,%d,%d\n",x,y,z）;

}

程序运行后的输出结果是_____。（2006年9月）

A）2,3,3　　　　　B）2,3,2　　　　　C）2,3,1　　　　　D）2,2,1

**解析**：自加运算符前缀时，表达式与变量的值一致，自加运算符后缀时，变量先以原值参与此语句中的其他运算，然后再自加或自减，也就是说表达式的值还是变量的原值，而变量已完成了自加自减。题中，z=x++，先将1赋给z；然后x进行自加运算，等于2；y经过两次自加运算后等于3。

**答案**：C

【真题3】有以下程序

main（）

{　　　int m=12,n=34;

　　　printf（"%d%d",m++,++n）;

　　　printf（"%d%d\n",n++,++m）;

}

程序运行后的输出结果是 _____。（2005年4月）

A）12353514　　　　　B）12353513　　　　　C）12343514　　　　　D）12343513

**解析**：第一个输出语句printf（"%d%d",m++,++n）;后，m++、++n的值分别为12、35，这是因为后缀运算符表达式的值还是变量原值；这时候m、n都已进行了自加运算，它们的值分别为13、35；然后运行第二条输出语句，n++、++m的值分别为35，14；

这时候m、n的值分别为36、14。

**答案：A**

## 🉐 题型点睛

（1）自增和自减运算符只能用于变量，不能用于常量或表达式。

（2）自增、自减运算符和其他运算符混合使用时，其结合性为"自右向左"。

（3）自加、自减运算符既可作为前缀运算符，也可作为后缀运算符而构成一个表达式，无论是作为前缀还是作为后缀运算符，对于变量本身来说自增1或自减1都具有相同的效果，但对表达式来说却有着不同的值。

## 🐛 即学即练

【试题1】下列关于单目运算符++、--的叙述中正确的是_____。

A）它们的运算对象可以是任何变量和常量

B）它们的运算对象可以是char型变量和int型变量，但不能是float型变量

C）它们的运算对象可以是int型变量，但不能是double型变量和float型变量

D）它们的运算对象可以是char型变量、int型变量和float型变量

【试题2】有以下程序

```
main（ ）
{    char    a='a', b;
     printf（"%c,",++a） ;
     printf（"%c\n",b=a++） ;
}
```

程序运行后的输出结果是_____。

A）b,b　　　　B）b,b　　　　C）b,c　　　　D）a,c

# TOP41：赋值表达式的求值规则

## 真题分析

【真题 1】若变量 x，y 已被正确定义并赋值，以下符合 C 语言语法的表达式是_____。（2006 年 9 月）

A）++x,y=x-　　　B）x+1=y　　　C）x=x+10=x+y　　　D）double（x）/10

**解析：** 赋值符"＝"左边必须是变量，右边既可以是常量、变量，也可以是函数调用或表达式。B、C 选项左边都有常量或者是表达式，错误；D 是数据类型强制转换，合法形式应为（double）x/10。

**答案：** A

【真题2】以下能正确定义且赋初值的语句是_____。（2005年9月）

A）int　n1=n2=10;　　　　　　　　B）char　c=32;

C）float　f=f+1.1;　　　　　　　　D）double　x=12.3E2.5;

**解析：** C语言中规定，程序中所要用到的变量应该先定义后使用。因此选项A和C都是错误的。选项D中，E的后面只能为整数，不能是实数。所以D也是错误的。只有选项B是正确的，char和int是通用的。

**答案：** B

## 题型点睛

（1）赋值符"＝"左边必须是变量，右边既可以是常量、变量，也可以是函数调用或表达式。

（2）在赋值符"＝"之前加上其他运算符，可以构成复合的赋值运算符。复合赋值运算符的优先级与赋值运算符的优先级相同。

## 即学即练

【试题1】以下选项中非法的表达式是_____。

A）0<=x<100　　　B）i=j==0　　　C）（char）（65+3）　　　D）x+1=x+1

# TOP42：逗号表达式的求值规则

## 真题分析

【真题1】执行以下程序后的输出结果是_____。（2007 年 4 月）

```
main（）
{int a=10;
 a=（3*5,a+4）;
printf（"a=%d\n",a）;
}
```

**解析**：赋值表达式的右边是一个逗号表达式，应该是括号中最后一个表达式的值，得 14。

**答案**：a=14

【真题2】有以下程序

```
main（）
{char  a1='M', a2='m';
printf（"%c\n",（a1,a2））;}
```

以下叙述中正确的是_____。（2005年9月）

A）程序输出大写字母M          B）程序输出小写字母m

C）格式说明符不足，编译出错    D）程序运行时产生出错信息

**解析**：本题考查逗号表达式的概念。计算过程是自左至右，依次计算各表达式的值，最后一个表达式的值即为整个逗号表达式的值。所以（a1,a2）的值应为a2的值'm'。输出为小写字母m。

**答案**：B

## 题型点睛

逗号运算符的结合性为从左到右，先计算表达式1，最后计算表达式n，最后一个表达式的值就是该逗号表达式的值。逗号运算符在所有运算符中优先级最低。

## 即学即练

【试题1】有如下程序，运行该程序的输出结果是_____。

```
main（）
{ int y=3, x=3, z=1;
    printf（"%d %d\n", （++x, y++）, z+2）;
}
```

A）3 4　　　　　B）4 2　　　　　C）4 3　　　　　D）3 3

# 本章即学即练答案

| 序号 | 答案 | 序号 | 答案 |
| --- | --- | --- | --- |
| TOP34 | 【试题1】答案：B | TOP35 | 【试题1】答案：D |
| TOP36 | 【试题1】答案：B | TOP37 | 【试题1】答案：B |
|  | 【试题2】答案：C |  | 【试题2】答案：252137 |
| TOP38 | 【试题1】答案：C | TOP39 | 【试题1】答案：B |
|  | 【试题2】答案：-3 |  |  |
| TOP40 | 【试题1】答案：D | TOP41 | 【试题1】答案：D |
|  | 【试题2】答案：C |  |  |
| TOP42 | 【试题1】答案：D |  |  |

# 第7章 顺序结构

## TOP43：赋值表达式与赋值语句

### 真题分析

【真题1】以下叙述中错误的是_____。（2005年9月）

A）C语句必须以分号结束

B）复合语句在语法上被看作一条语句

C）空语句出现在任何位置都不会影响程序运行

D）赋值表达式末尾加分号就构成赋值语句

解析：C程序中所有语句都必须由一个分号";"作为结束。如果只有一个分号，那么这个分号也是一条语句，称为"空语句"，程序执行时不产生任何动作。程序设计中有时需要加一个空语句来表示存在一条语句，但随意加分号也会导致逻辑上的错误，影响程序的运行。

答案：C

【真题2】若以下选项中的变量已正确定义，则正确的赋值语句是_____。（2004年4月）

A）x1=26.8%3;               B）1+2=x2;

C）x3=0x12;                 D）x4=1+2=3;

解析：C语言规定赋值号的左边不能为常量或表达式，所以选项B和D是错误的；选项A中运算符"%"的运算对象中出现了实型数，因此也是错误的；选项C是合法的赋值语句，将十六进制数12赋值给变量x3。

答案：C

## 题型点睛

1. 赋值语句必须在最后出现分号，分号是语句中必不可少的部分。

2. 任何赋值表达式都可以加上分号而称为赋值语句，C 语言规定赋值号的左边不能为常量或表达式。

## 即学即练

【试题1】以下非法的赋值语句是_____。

A）n=(i=2,++i);　　　　　　　B）j++;

C）++(i+1);　　　　　　　　　D）x=j>0;

# TOP44：数据的输出

## 真题分析

【真题1】若变量a,b已定义为int类型并赋值21和55,要求用printf函数以a=21,b=55的形式输出,请写出完整的的输出语句_____。（2006年4月）

解析：printf语句的输出格式为：printf（格式控制，输出项表）。

答案：printf("a=%d,b=%d",a,b);

【真题2】有以下程序

```
main()
{   int  m=0256,n=256;
    printf("%o  %o\n",m,n);
}
```

程序运行后的输出结果是_____。（2004年9月）

A）0256  0400　　　　　　　B）0256  256

C）256  400　　　　　　　　D）400  400

解析：题目中m是以八进制形式表示的（以0打头），n是以十进制表达式的，而%o是表示按八进制输出，因此输出m是仍然是256，而输出n时，应先将十进制值转换成八进制数，256的八进制表示为400，所以输出为256 400。注意，八进制输出时，

其前面的 "0" 不输出。

答案：C

【真题3】有以下程序

```
main( )
{
int x=102，y=012;
printf("%2d,%2d\n",x,y)；
}
```

执行后输出结果是＿＿＿＿。（2004年4月）

A）10,01　　　　　　　　B）02,12

C）102,10　　　　　　　　D）02,10

解析：格式控制符%2d中的2表示输出数据的最小宽度为2位，而不是最大宽度，如果指定的输出宽度不够，并不影响数据的完整输出，因此x仍然按实际输出为102，非格式控制符 "," 也要输出；y是八进制数，按十进制输出应为10。

答案：C

## 🌐 题型点睛

（1）格式字符、长度修饰符和附加格式字符以及它们各自的功能。

（2）在格式控制字符串中，格式说明与输出项从左到右在类型上必须一一对应匹配。

（3）在格式控制串中，格式说明与输出项的个数应相同，若格式说明少于输出项，则多余的输出项不输出，相反，对于多余的格式将输出不定值。

（4）在格式控制串中，可以包含任意的合法字符（包括转义字符）。

## 🐛 即学即练

【试题1】有以下程序

```
main( )
{    int  a=666,b=888;
     printf("%d\n",a,b)；
}
```

程序运行后的输出结果是_____。

A）错误信息　　　B）666　　　　　C）888　　　　　D）666，888

# TOP45：数据的输入

## 真题分析

【真题1】若有说明语句：double *p，a；则能通过 scanf 语句正确给输入项读入数据的程序段是_____。（2006 年 4 月）

A）*p=&a；scanf("%1f", p)；　　　　B）*p=&a；　scanf("%f", p)；

C）p=&a；scanf("%1f", *p)；　　　　D）p=&a；　scanf("%1f", p)；

**解析：** scanf 函数中的输入项必须是"地址量"（需加取地址符号&），它可以是一个变量的地址，也可以是数组的首地址，但不能是变量名。A、B 选项中指针 p 指向 a 的地址的地址，地址变量是整型的，当运行输入语句时，不能正确给输入项读入数据。C 选项格式错误，输入项必须是"地址量"。

**答案：** D

【真题2】以下程序运行时若从键盘输入：10　20　30<回车>。输出结果是_____。（2005年4月）

```
#include <stdio.h>
main()
{    int i=0,j=0,k=0;
    scanf("%d%*d%d",&i,&j,&k);printf("%d%d%d\n",i,j,k);
}
```

**解析：** 在输入数据时，遇到以下情况时该数据认为结束：遇到空格、Tab键，或回车键以及遇到非法输入。按照题中的输入情况，即认为i为10，由于输入第二个数时加了"*"号，它的作用是跳过对应的输入数据，因此跳过20，而将输入的第三个数赋给j，而k的值是程序中定义的值，为0。所以正确的输出应该是10　30　0。

**答案：** 10　30　0

【真题3】有以下语句：int b;char c[10];，，则正确的输入语句是_____。（2005

年4月）

A）scanf("%d%s",&b,&c)；

B）scanf("%d%s",&b,c)；

C）scanf("%d%s",b,c)；

D）scanf("%d%s",b,&c)；

**解析：** scanf函数的一般形式为scanf（"格式控制"，输入项地址序列），由于数组名就代表了该数组的第一个元素的地址，因此在输入时不需要在变量c前加&号。但必须在整型变量b前加&号。

**答案：** B

## ⑳ 题型点睛

（1）熟知各种格式字符的功能。

（2）scanf 函数中的输入项必须是"地址量"（需加取地址符号&），它可以是一个变量的地址，也可以是数组的首地址，但不能是变量名。

（3）输入数据时，各个数据之间可以用空格符或Tab 符或回车符作为间隔符。（4）除了空格、Tab 符和回车符外，用户还可以自己指定其他字符作为输入间隔。需要注意的是，如果在"格式控制"字符串中除了格式说明以外还有其他字符，则在输入数据时应输入与这些字符相同的字符。

（5）在输入数据时，遇到以下情况时该数据被认为表示结束：

①遇到空格、Tab 键，或回车键。

②按指定的宽度结束，如"%4d"，只取4 列。

③遇到非法输入。

## 即学即练

【试题1】有定义语句：int　x,y;，　若要通过scanf("%d,%d",&x,&y)；语句使变量x得到数值11，变量y得到数值12，下面四组输入形式中，错误的是_____。

A）11　12<回车>

B）11，12<回车>

C）11，　　12<回车>

D）11，<回车>12<回车>

# 本章即学即练答案

| 序号 | 答案 | 序号 | 答案 |
| --- | --- | --- | --- |
| TOP43 | 【试题1】答案：C | TOP44 | 【试题1】答案：B |
| TOP45 | 【试题2】答案：A | | |

# 第8章 选择结构

## TOP46：关系运算

### 真题分析

【真题1】在以下给出的表达式中，与 while(E) 中的(E) 不等价的表达式是_____。（2006年4月）

A）(!E==0)  　　　　　　　　B）(E>0 ‖ E<0)

C）(E==0)  　　　　　　　　 D）(E!=0)

解析：while(E) 中的(E)等价于：E 不等于 0；A、B、D 均与 "E 不等于 0" 等价，C 中 E 等于 0，与题意不符。

答案：C

### 题型点睛

（1）6个关系运算符

    <　　<=　>　　>=　　（优先级低）

    ==　　!=　　　　　　　（优先级高）

关系运算符的结合方向是自左到右。

（2）在 C 语言中，关系表达式的结果值为 1 或 0。当关系表达式成立时，其结果值为 1，否则，其值为 0。

### 即学即练

【试题1】若变量c为char类型，能正确判断出c为小写字母的表达式是_____。

A）'a'<=c<='z'

B）(c>='a') ‖ (c<='z')

C）('a'<=c) and ('z'>=c)

D）(c>='a')&&(c<='z')

# TOP47：逻辑运算

## 真题分析

【真题1】以下关于逻辑运算符两侧运算对象的叙述中正确的是＿＿＿＿＿。（2006年9月）

A）只能是整数0或1　　　　B）只能是整数0或非0整数
C）可以是结构体类型的数据　D）可以是任意合法的表达式

**解析**：由逻辑运算符和运算对象所组成的表达式称为逻辑表达式。逻辑运算的对象可以是C语言中任意合法的表达式。

**答案**：D

【真题2】以下程序用于判断a、b、c能否构成三角形，若能，则输出YES，否则输出NO。当给a、b、c输入三角形三条边长时，确定a、b、c能构成三角形的条件是需同时满足三个条件：a+b>c，a+c>b，b+c>a。请填空。

```
main()
{float a, b, c;
scanf("%f%f%f", &a, &b, &c);
if(_____)printf("YES \n");   /*a、b、c能构成三角形*/
else printf("NO \n");   /*a、b、c不能构成三角形*/
}（2006年4月）
```

**解析**：要同时满足三个条件，需要用到逻辑运算符&&，此运算符需要两边操作数同时为真时结果为真。

**答案**：(a+b>c)&&(a+c>b)&&(b+c>a)

【真题3】设有定义：int　a=2,b=3,c=4;,则以下选项中值为0的表达式是＿＿＿＿＿。（2005年9月）

A）(!a= =1)&&(!b= =0)　　　B）(a>b)&&!c||1
C）a&&b　　　　　　　　　D）a||(b+b)&&(c-a)

**解析**：本题考查逻辑运算。根据运算符的优先级顺序，

选项A的值为(!2==1)&&(!3==0)=0&&(!3==0)=0；

选项B的值为(2>3)&&!4||1=0&&!4||1=0&&0||1=0||1=1；

选项C的值为2&&3=1；

选项D的值为2||(6)&&(2)=2||1=1。

**答案**：A

【真题4】以下程序运行后的输出结果是_____。（2005年4月）

```
main()
{   int a,b,c;
    a=10;b=20;c=(a%b<1)||(a/b>1);
    printf("%d %d %d\n",a,b,c);
}
```

**解析**：题目中(a%b<1)||(a/b>1)是一个逻辑表达式，算术运算符的优先级要高于逻辑运算符，先求(a%b<1)的值，即(a%b<1)=((10%20)<1)=(10<1)=0，再继续求||号右边的值，(a/b>1)=((10/20)>1)=(0>1)=0，因此c的值=0||0=0。输出结果为10 20 0。

**答案**：10 20 0

### 题型点睛

(1) 3个逻辑运算符

!（高）→&&（中）→||（低）（按优先级排列）。逻辑运算符的结合方向是自左到右。

(2) 由逻辑运算符和运算对象所组成的表达式称为逻辑表达式。逻辑运算的对象可以是C语言中任意合法的表达式。参与逻辑运算的量为非零值或整数零，非零值和整数零分别表示运算量为"真"或"假"。逻辑运算的结果值，即逻辑表达式的值应该是一个逻辑值"真"或"假"，即为"1"或"0"。逻辑表达式的运用场合与关系表达式完全相同，也是用于流程控制语句中的条件描述。只不过，关系表达式描述的是单一的条件，逻辑表达式描述的是复合的条件。

注意：在进行逻辑与运算时，若&&的左边运算结果已经为0，则&&右边的表达式将不再进行计算，结果总为0；在进行逻辑或运算时，若||的左边运算结果已经为1，

则右边的表达式也将不再进行计算，结果总为 1。

### 即学即练

【试题1】若 x 和 y 代表整型数，以下表达式中不能正确表示数学关系|x-y|<10 的是_____。

A）abs(x-y)<10                    B）x-y>-10&& x-y<10

C）@(x-y)<-10|| (y-x)>10          D）(x-y)*(x-y)<100

【试题2】有以下程序

```
main()
{int   a=1,b=2,m=0,n=0,k;
k=(n=b>a)|| (m=a<b);
printf("%d,%d\n",k,m);
}
```

程序运行后的输出结果是_____。

A）0,0            B）0,1            C）1,0            D）1,1

# TOP48：条件表达式及其构成的选择结构

### 真题分析

【真题1】以下程序运行后的输出结果是_____。（2006 年 9 月）

```
main()
{int x,a=1,b=2,c=3,d=4;
x=(a<b) ?a:b; x=(a<c) ?x:c; x=(d>x) ?x:d;
printf("%d\n",x);
}
```

**解析**：对于 (a<b)?a:b，由于 a<b 成立，所以表达式的值为 1；因此 x=1；下一个条件表达式的值为 x=1；最后一个条件表达式中，d>x 等价于 4>1，成立，表达式的值为 1。

答案：1

### 🌀 题型点睛

1. 条件运算符由两个符号"？"和"："组成，要求有3个操作对象，称为三目运算符，它也是C语言中唯一的三元运算符。

条件运算符的优先级别仅高于赋值运算符，而低于其他的所有运算符，其结合方向是"自左向右"。

2. 条件表达式一般形式为：

表达式1? 表达式2: 表达式3

当表达式1的值为真时，取表达式2的值作为整个条件表达式的值，当表达式1的值为假时，取表达式3的值作为整个条件表达式的值。

通常情况下，表达式1是关系表达式或逻辑表达式，用于描述条件表达式中的条件，表达式2和表达式3可以是常量、变量或表达式。

### 🐍 即学即练

【试题1】有以下程序段

int　k=0,a=1,b=2,c=3;

k=a<b?b:a;　k=k<c?c:k;

执行该程序后，k的值是_____。

A) 3　　　　　　B) 2　　　　　　C) 1　　　　　　D) 0

# TOP49：几类运算符的优先级

### 📑 真题分析

【真题1】有以下程序

```
main()
{    int i=1,j=2,k=3;
     if(i++==1&&(++j==3||k++==3))
     printf("%d   %d   %d\n",i,j,k);
}
```

程序运行后的输出结果是_____。（2005年4月）

A）1 2 3　　　B）2 3 4　　　C）2 2 3　　　D）2 3 3

**解析:** 条件表达式 i++= =1&&（++j= =3‖k++= =3）中的各个运算符优先级顺序从高到低为++→= =→&&→‖，先求解++j= =3 的值为真=1，且 j 的值为 3，由于是逻辑或运算，所以此时计算机不再进行‖号后面的运算，k 的值仍然为 3，该表达式变为 i++= ==1&&1=（1= =1&&1）=（1&&1）=1。此时 i 已经增加 1，得 2，所以 printf 语句输出的是 2 3 3。

**答案:** D

【真题 2】有以下程序

main()

　{int　a=1,b=2,m=0,n=0,k;

　k=（n=b>a)‖（m=a<b)；

　printf("%d,%d\n",k,m)；

　}

程序运行后的输出结果是＿＿＿＿。（2003 年 9 月）

A）0,0　　　　　B）0,1　　　　　C）1,0　　　　　D）1,1

**解析:** (n=b>a)‖(m=a<b) 是一个逻辑表达式，先求(n=b>a)的值，由于赋值运算符的优先级最低，所以 (n=b>a)=(n=(b>a))=(n=(2>1))=(n=1)=1，因为进行的是逻辑或运算，1 与任何数相或都为 1，所以计算机不再计算‖号后面的值，m 的值仍为 0，且 k=1，所以输出的应该是 1,0。

**答案:** C

## 题型点睛

逻辑运算符与条件运算符、赋值运算符、关系运算符、算术运算符的优先次序如下：（由高到低）

!（逻辑非）→算术运算→关系运算→&&（逻辑与）→‖（逻辑或）→条件运算→赋值运算

## 即学即练

【试题 1】以下程序运行后的输出结果是＿＿＿＿。

main()

{　int　p=30；

　printf("%d\n",(p/3>0?p/10:p%3))；

}

# TOP50：if 语句

## 真题分析

【真题1】当把以下四个表达式用作 if 语句的控制表达式时，有一个选项与其他三个选项含义不同，这个选项是_____。（2005 年 9 月）

A）k%2　　　　B）k%2==1　　　　C）(k%2)! =0　　　　D）!k%2==1

解析：选项 A、B、C 作为 if 语句的控制表达式时，表示当 k 不能被 2 整除时执行 if 后的语句。而选项 D 即!(k%2)==1，它表示当 k 能被 2 整除时 if 条件成立，执行 if 后的语句，因此 D 与其他三项的含义不同。

答案：D

【真题2】以下程序运行后的输出结果是_____。（2005 年 4 月）

```
main()
{   int a=3,b=4,c=5,t=99;
    if(b<a&&a<c)    t=a;a=c;c=t;
    if(a<c&&b<c)    t=b;b=c;a=t;
    printf("%d%d%d\n",a,b,c);
}
```

解析：根据题目中的变量定义，先求 b<a&&a<c 中的 b<a=4<3=0，由于是逻辑与运算，所以此时计算机不再计算&&后面的值，此时该条件判断式不成立，第一个 if 后的语句不执行，再计算第二个 if 中的条件式，首先 a<c 成立，再计算 b<c 也成立，所以 a<c&&b<c 成立，执行后面的程序，b 的值为 5，a 的值为 4。所以输出为 4599。

答案：4599。

## 题型点睛

if 语句是选择结构的一种形式，又称为条件分支语句。它的流程控制方式是：根据给定的条件进行判定，由判定的结果（真或假）决定执行给出的两种操作之一。

## 即学即练

【试题1】有以下程序

```
main()
{   int  n=0, m=1, x=2;
    if(!n)   x-=l;
    if(!m)   x-=2;
    if(!x)   x-=3;
    printf("%d \n",x);
}
```

执行后输出结果是_____。

# TOP51：含 else 的 if 语句

## 真题分析

【真题1】设变量 x 和 y 均已正确定义并赋值,以下 if 语句中,在编译时将产生错误信息的是_____。（2007 年 4 月）

A）if(x++);                    B）if(x>y&y!=0);

C）if(x>y)x--               D）if(y<0) {;}

　　else y++;                    else x++;

**解析**：if 子句后面的分号不能省略，x--后面没有分号，不构成语句，所以 C 错误。

**答案**：C

【真题2】以下程序运行后的输出结果是_____。（2005 年 9 月）

```
main()
{ int a=1,b=2,c=3;
  if(c=a) printf("%d\n",c);
  else printf("%d\n",b);
```

```
}
```

**解析：** 程序中的 if 条件是赋值语句，a 的值 1 赋给了变量 c，表达式 c=a 的值也为 1，条件为真，输出 c 的值为 1。所以程序输出结果为 1。

**答案：** 1

## 🎯 题型点睛

语言中提供了三种形式的 if 语句：不含 else 的 if 语句、if~else 语句和 if~else~if 语句。

1. 语句形式：

if (表达式)　语句 1

else 　　　语句 2

注意：else 不是一条独立的语句，它只是 if 语句的一部分，在程序中 else 必须与 if 配对，共同组成一条 if~else 语句。

2. 执行过程：

首先计算紧跟在 if 后面一对圆括号内表达式的值。如果表达式的值非零，则执行 if 子句，然后跳过 else 子句，去执行 if 语句后的下一条语句；如果表达式的值为零，则跳过 if 子句，去执行 else 子句，接着去执行 if 语句后的下一条语句。

3. 注意：

(1) if 后面圆括号中的表达式，可以是任意合法的 C 语言表达式，也可以是任意类型的数据。

(2) 无论是否有 else 子句，if 子句中如果只有一条语句，则此语句后的分号不能省略。

## 🐍 即学即练

【试题 1】有以下程序

```
main()
{int a=5,b=4,c=3,d=2;
 if(a>b>c)    printf("%d\n",d);
 else if((c-1>=d)==1)    printf("%d\n",d+1);
 else    printf("%d\n",d+2);
}
```

执行后输出结果是_____。

A）2　　　　　　　　　　　　　　B）3

C）4　　　　　　　　　　　　　　D）编译时有错，无结果

# TOP52：嵌套的 if 语句

## 真题分析

【真题1】在嵌套使用 if 语句时，C 语言规定 else 总是_____。（2006 年 9 月）

A）和之前与其具有相同缩进位置的 if 配对

B）和之前与其最近的 if 配对

C）和之前与其最近不带 else 的 if 配对

D）和之前的第一个 if 配对

解析：因为 else 语句并不能独立构成一个完整的语句，它必须与 if 配对使用，C 语言规定：if 和 else 配对规则为 else 总是与它前一个最近的 if 配对。

答案：C

【真题2】设变量 a、b、c、d 和 y 都正确定义并已赋值。若有以下 if 语句

if(a<b)

　　if(c==d)　y=0;

　　else　　y=1;

该语句所表示的含义是_____。（2005 年 9 月）

A）$y=\begin{cases} 0 & (a<b且c=d) \\ 1 & (a\geq b) \end{cases}$　　B）$y=\begin{cases} 0 & (a<b且c=d) \\ 1 & (a\geq b且c\neq d) \end{cases}$

C）$y=\begin{cases} 0 & (a<b且c=d) \\ 1 & (a<b且c\neq d) \end{cases}$　　D）$y=\begin{cases} 0 & (a<b且c=d) \\ 1 & (c\neq d) \end{cases}$

解析：本题是 if 语句的嵌套。当 a<b 时，再判断 c==d 的值，若相等，则 y 的值为 0，否则即 c 与 d 不相等时 y 为 1。当 a>b 时不进行上述判断，y 的值不确定。所以选项 C 符合题意。

答案：C

## 题型点睛

在嵌套内的 if 语句既可以是 if 语句形式，也可以是 if…else 语句形式，这就会出现多个 if 和多个 else 重叠的情况。此时要特别注意 if 和 else 的配对问题。if 和 else 配对规则为：else 总是与它前一个最近的 if 配对。

## 即学即练

【试题1】有以下程序

```
main( )
{int  a=3,b=4,c=5,d=2;
 if (a>b)
  if(b>c)   printf("%d",d++ +1);
  else   printf("%d",++d +1);
 printf("%d\n",d );
}
```

程序运行后的输出结果是_____。

A）2            B）3           C）43          D）44

# TOP53：switch 语句及其与 break 语句构成的选择结构

## 真题分析

【真题1】以下程序的运行结果是_____。（2007 年 4 月）

```
main()
{int a=2,b=7,c=5;
  switch(a>0)
  {case 1:switch(b<0)
      {case 1:switch("@"); break;
      case 2: printf("!"); break;
      }
```

```
            case 0: switch (c==5)
                { case 0: printf ("*") ; break;
                  case 1: printf ("#") ; break;
                  case 2: printf ("$") ; break;
                }
            default : printf ("&") ;
        }
    printf ("\n") ;
}
```

**解析：** ①由于 a=2，所以 a>0 恒成立，则表达式的值为逻辑真，值为 1；②执行 case 1:switch (b<0)，b<0 不成立，逻辑假，值为 0；③跳出 case 1:switch (b<0)，由于其后没有 break，则继续执行 case 0: switch (c==5)，表达式成立，逻辑真，1；④执行 case 1: printf ("#") ; break;，然后跳出，执行 default : printf ("&") ；

**答案：** #&

【真题 2】有以下程序

```
main ()
{int k=5,n=0;
  do
  {switch (k)
    {case1:     case3:n+=1;k--; break;
     default: n=0;k--;
     case2:     case4:n+=2;k--;break;
    }
    printf ("%d",n) ;
  }while (k>0&&n<5) ;
}
```

程序运行后的输出结果是＿＿＿＿＿。（2007 年 4 月）

A）235　　　　　B）0235　　　　　C）02356　　　　　D）2356

**解析：** ①k=5;→defaultlt: n=0,k--;→k=4，由于没有 break 语句，→ case2:

case4:n+=2;k--;break;➡n=2,k=3➡ printf("%d",n);输出 2。

　　②k=3;➡ case3:n+=1;k--; break;➡n=3,k=2➡ printf("%d",n);输出 3。

　　③k=2➡ case2:case4:n+=2;k--;break;➡n=5,k=1➡ printf("%d",n);输出 5。

　　④由于这时 n=5, 不符合 k>0&&n<5, 循环结束。

　　**答案: A**

　　【真题 3】若有定义: float x=1.5; int a=1, b=3, c=2; 则正确的 switch 语句是＿＿＿＿＿。(2006 年 4 月)

　　A) switch(x)　　　　　　　　　B) switch((int)x);

　　　　{case 1.0: printf("*\n");　　　　　{case 1: printf("*\n");

　　　　case 2.0: printf("**\n"); }　　　　case 2: printf("**\n"); }

　　C) switch(a+b)　　　　　　　　D) switch(a+b)

　　　　{case 1: printf("*\n");　　　　　{case 1: printf("*\n");

　　　　case 2+1: printf("**\n"); }　　　　case c: printf("**\n"); }

　　**解析:** switch 括号里的表达式的值和 case 后的表达式的值对应一致的整数、字符或枚举常量。A 选项中是 float 型常量, 错误; B 选项中 switch((int)x) 后面有逗号, 而 switch 和 case 一起构成一个完整的语句, switch 语句是不能单独地构成语句的, 错误; D 选项中 switch 括号里的表达式的值和 case 后的表达式的值类型不一样, 错误。

　　**答案: C**

　　【真题 4】有以下程序

```
main()
{int  k=5,n=0;
  while(k>0);
  {   switch(k)
     {  default : break;
case 1 :  n+=k;
case 2 :
case 3 :  n+=k;
     }
     k--;
```

```
    }
    printf("%d\n",n);
}
```

程序运行后的输出结果是_____。（2005 年 9 月）

A）0　　　　　　　　B）4　　　　　　　　C）6　　　　　　　　D）7

**解析**：在 switch 语句中，若 case 语句后没有 break 语句，则执行完本层 case 后会继续执行后面 case 中的操作。k 的初值为 5，while 条件成立，进入 switch(5)，执行 default 语句，退出 switch，执行 k--得 4，再进入 while 循环，执行 switch(4)，退出 switch，再执行 k--得 3，继续 while 循环，执行 switch(3)，n=n+k=3，再 k--得 2，进入 while 循环，执行 case2，再执行 n=n+k=5，然后 k--得 1，最后一次进入 while 循环，执行 case1，n=n+k=6，然后继续执行 case2 和 case3 后的语句，n=n+k=7，且 k--得 0，此时 while 条件不满足，退出循环，输出 n 的值为 7。

**答案**：D

### 🉐 题型点睛

1. switch 语句的一般形式为：

```
switch（表达式）
{   case 常量表达式1: 语句1;
         break;
    case 常量表达式2: 语句2;
         break;
         ……
    case 常量表达式n: 语句n;
         break;
    default: 语句n+1;
         break;
}
```

（1）常量表达式必须是与表达式对应一致的整数、字符或枚举常量。各 case 语句标号的值应该互不相同。

（2）swich 的表达式通常是一个整型或字符型变量，也允许是枚举型变量，其结果为相应的整数、字符或枚举常量。

（3）break 语句不是一定需要加上的。在执行完一个 case 后面的语句后，若没遇到 break 语句，就自动进入下一个 case 继续执行，而不再判断是否与之匹配，直到遇到 break 语句才停止执行，退出 break 语句。因此，若想执行一个 case 分支后立即跳出 switch 语句，就必须在此分支的最后添加一个 break 语句。

2．switch 语句的执行流程

首先计算 switch 后面圆括号中表达式的值，然后用其结果依次与各个 case 的常量表达式相比较，若圆括号中表达式的值与某个 case 后面的常量表达式的值相等，就执行此 case 后面的语句，执行后遇 break 语句就退出 switch 语句；若圆括号中表达式的值与所有 case 后面的常量表达式的值都不相同，则执行 default 后面的语句 n+1，执行后退出 switch 语句，退出后程序流程转向开关语句的下一个语句。

## 即学即练

【试题 1】以下程序运行后的输出结果是＿＿＿＿＿。

```c
main( )
{   int   x=1,y=0,a=0,b=0;
    switch (x)
    {   case  1:   switch (y)
                   {   case  0:   a++; break;
                       case  1:   b++; break;
                   }
        case  2:   a++; b++; break;
    }
    printf("%d   %d\n", a, b );
}
```

【试题 2】有以下程序：

```c
main()
{ int a=15, b=21, m=0;
 switch(a%3)
```

```
    { case 0: m++; break;
      case 1: m++;
      switch (b%2)
      { default: m++;
        case 0: m++; break;
      }
    }
    printf("%d\n", m);
}
```

程序运行后的输出结果是_____。

A) 1                B) 2                C) 3                D) 4

# 本章即学即练答案

| 序号 | 答案 | 序号 | 答案 |
|---|---|---|---|
| TOP46 | 【试题1】答案: D | TOP47 | 【试题1】答案: C<br>【试题2】答案: C |
| TOP48 | 【试题1】答案: B | TOP49 | 【试题1】答案: 3 |
| TOP50 | 【试题1】答案: -4 | TOP51 | 【试题1】答案: A |
| TOP52 | 【试题1】答案: A | TOP53 | 【试题1】答案: 2，1<br>【试题2】答案: A |

# 第9章 循环结构

## TOP54：while 语句

### 真题分析

【真题1】有以下程序

```
main()
{int k=5;
while(- -k)printf("%d",k- =3);
printf("\n");
}
```

执行后的输出结果是_____。（2006 年 9 月）

A）1                B）2                C）4                D）死循环

**解析**：运算过程为①- -k→k=4;输出 k- =3，即输出 1；②- -k→k=0,循环结束。

**答案**：A

【真题 2】有以下程序，若运行时从键盘输入:18,11<回车>，则程序的输出结果是_____。（2006 年 9 月）

```
main()
{int a,b;
printf("Enter a,b:");scanf("%d,%d",&a,&b);
while(a!=b)
{while(a>b)a- =b;
while(b>a)b- =a;
}
printf("%3d%3d",a,b);
}
```

**解析：** 这个程序的功能是一直由 a、b 中较大的减去较小的那一个，直到两者相等，然后输出两个相等的值，经几次运算后可知为 a、b 的值分别 1，1，由于输出宽度至少为 3，所以结果为 1　1。

**答案:** 1　1

## 题型点睛

while 语句的一般形式：

　　while（表达式）

　　　　循环语句；

（1）while 后的表达式，可以是 C 语言中任意合法的表达式，通常为关系表达式或逻辑表达式，但也可以是其他运算表达式。当表达式的值为零时，表示条件为假；非零时，表示条件为真。

（2）循环体可以是一条简单可执行语句，也可以是复合语句。

（3）如果第一次计算时表达式的值就为 0，则循环语句一次也不被执行，流程直接跳过 while 语句，执行下一条语句。

## 即学即练

【试题 1】有以下程序

```
main()
{ int  x=0,y=5,z=3;
    while(z-->0&&++x<5) y=y-l;
    printf("%d, %d ,%d\n",x,y,z);
}
```

程序执行后的输出结果是_____。

A）3,2,0　　　　　B）3,2,-1　　　　C）4,3,-1　　　　D）5,-2,-5

# TOP55：do while 循环结构

## 真题分析

【真题 1】以下程序的功能是:将输入的正整数按逆序输出。例如:若输入 135 则输

出 531，请填空。（2006 年 9 月）

```
#include <stdio.h>
main ()
{int n,s;
printf ("Enter a number.") ; scanf ("%d",&n) ;
printf ("Output: ") ;
do
{s=n%10; printf ("%d",s) ;_____;}
while (n!=0) ;
printf ("\n") ;
}
```

**解析：** 当执行 s=n%10; printf ("%d",s) 后，输出的是 n 的个位，下次应输出 n 的十位，所以应将 n 向右移一位，则应填 n/10。

**答案：** n/=10

**【真题 2】** 有以下程序段

```
int   n,t=1,s=0;
scanf ("%d",&n) ;
do{s=s+t;   t=t-2;}while (t!=n) ;
```

为使程序不陷入死循环，从键盘输入的数据应该是_____。（2005 年 9 月）

A）任意正奇数                    B）任意负偶数

C）任意正偶数                    D）任意负奇数

**解析：** 为了使程序不陷入死循环，则 while 的条件不能一直为真。t 的初值为 1，循环体中语句 t=t-2 使 t 变为负奇数-1,-3,-5…，而 while 的循环条件是 t 不等于 n，若从键盘输入的数据为 A,B,C 三项时，则 t 永远不等于 n，即循环条件一直为真，程序陷入死循环。只有输入负奇数时，t 会在某个时候等于 n，使得 while 条件不成立，终止循环。

**答案：** D

### 题型点睛

do-while *语句的一般形式为：*

```
    do
    循环语句；
    while（表达式）；
```

（1）do-while 语句的执行过程是：先执行一次指定的循环语句，然后判断表达式的值，若表达式的值为非 0，再返回重新执行循环语句，如此重复，直到表达式的值为 0 时才跳出循环语句，执行下一条语句；若表达式的值为 0，则不再返回重新执行循环语句，直接退出循环语句，执行下一条语句。

（2）do-while 语句先执行语句，后判断表达式的值。故 do-while 语句又称"直到型"循环结构。由于是先执行后判断，因此 do-while 语句的循环语句至少被执行一次。

## 即学即练

【试题1】有以下程序

```
main（）
{ int   s=0,a=1,n;
scanf（"%d",&n）；
do
{   s+=1;      a=a-2;   }
while（a!=n）；
printf（"%d\n",s）；
}
```

若要使程序的输出值为 2，则应该从键盘给 n 输入的值是_____。

A）-1              B）-3              C）-5              D）0

# TOP56：for 语句的一般形式

## 真题分析

【真题1】设变量已正确定义，则以下能正确计算 n!的程序段是_____。（2005 年 9 月）

A）f=0;for（i=1;i<=n;i++）f*=i;          B）f=1;for（i=1;i<n;i++）f*=i;

C）f=1;for（i=n;i>1;i++）f*=i;          D）f=1; for（i=n;i>=2;i--）f*=i;

**解析**：选项 A 中，f 初值设为 0，则执行循环体后，所得的乘积值始终为 0，不符合题意；选项 B 中，for 循环条件是 i<n，则当 i 为 n 时即退出循环，所以求得的乘积值是(n-1)!，也不符合题意；选项 C 中，i 的初值为 n，且 i 在每次执行循环体后都增加 1，则如果 n 为大于 1 的数，程序会陷入死循环；选项 D 符合题意，求得 f 的值为 n*(n-1)*(n-2)*....*2，即 n!。

**答案**：D

**【真题 2】**以下程序的功能是计算：s=1+12+123+1234+12345。请填空。（2005年9月）

```
main()
{ int   t=0,s=0,i;
   for(i=1;i<=5;i++)
   { t=i+_____;  s=s+t;  }
   printf("s=%d\n",s);
}
```

**解析**：根据题意，当 i=1 时，s=1，t=1；当 i=2 时，s=1+12，t=12=i+10；当 i=3时，s=1+12+123，t=123=i+120…由此，我们不难发现当前 t 的值等于当前的 i 值加上上次 t 值的 10 倍。因此空白处应填 t*10。

**答案**：t*10

**【真题3】**有以下程序

```
main()
{ char   k;   int i;
   for(i=l;i<3;i++)
   { scanf("%c",&k);
      switch(k)
      { case '0':  printf("another\n");
         case '1':  printf("number\n");
      }
   }
}
```

程序运行时, 从键盘输入: 01< 回车>, 程序执行后的输出结果是_____。(2004
年 4 月)

A) another       B) another       C) another       D) number

number          number           number           number

                another          number

**解析**: 程序开始时, i 为 1, k 为 0, 执行 case'0'语句, 输出 another 并换行, 由于
case 语句后并没有 break, 因此继续执行 case'1'后面的语句, 输出 number 并换行, 此
时 i++得 2, 再进入第二次循环, 此时 k 为 1, 执行 case'1'语句, 输出 number, i++得
3, 此时循环条件不满足, 结束循环。

**答案**: C

## 题型点睛

for 语句的一般形式为:

　　　　for (表达式 1; 表达式 2; 表达式 3)

表达式 1 一般为赋值表达式, 表达式 2 一般为关系表达式或逻辑表达式, 用于执
行循环的条件判定, 表达式 3 一般为赋值表达式或自增、自减表达式, 用于修改循环
变量的值。

## 即学即练

【试题 1】有以下程序

```
main()
{ int  i,s=0;
for(i=1;i<10;i+=2)     s +=i+1;
printf("%d\n",s);
}
```

程序执行后的输出结果是_____。

A) 自然数 1~9 的累加和　　　　　　B) 自然数 1~10 的累加和

C) 自然数 1~9 中奇数之和　　　　　D) 自然数 1~10 中偶数之和

【试题 2】要求以下程序的功能是计算:

$$s=1+\frac{1}{2}+\frac{1}{3}+\cdots+\frac{1}{10}$$

```
main ()
{ int n;    float   s;
s=1.0;
for(n=10;n>1;n--)
s=s+1/n;
print("%6.4f\n",s);
}
```

程序运行后输出结果错误，导致错误结果的程序行是_____。

A）s=1.0;                          B）for(n=10;n>1;n--)

C）s=s+1/n;                       D）printf("%6.4f/n",s);

# TOP57：for 语句表达式的省略及其特点

## 真题分析

【真题1】以下程序运行后的输出结果是_____。（2005 年 9 月）

```
main()
{char c1,c2;
 for(c1='0',c2='9';c1<c2;c1++,c2--) printf("%c%c",c1,c2);
 printf("\n");
}
```

解析：此题 for 循环的初始条件为 2 个，c1='0'和 c2='9'，循环变量也是两个，c1 和 c2，第一次循环 c1<c2，输出 09，然后 c1++得 1，c2--得 8，依次类推，到第 5 次执行循环体时，c1 为 4，c2 为 5，c1<c2，输出 45，然后 c1++得 5，c2--得 4，此时进行循环条件判断，c1<c2 为假，循环结束。五次循环输出的结果为 0918273645。

答案：0918273645

【真题2】有以下程序

```
main()
 {   int   t=1,i=5;
```

```
for(;i>=0;i--) t*=i;
printf("%d\n",t);
}
```

执行后输出的结果是_____。（2004 年 4 月）

**解析：** 此题中由于 for 语句前给循环变量 i 赋了初值 5，所以在括号中省略了表达式 1，根据题意，该循环体应执行 6 次，程序的功能是实现 t=5*4*3*2*1*0，所以最终输出 t 的值为 0。

**答案：** 0

## 题型点睛

for 循环结构的特点

（1）for 语句的一般形式中的"表达式 1"可以省略，即：

　　for（; 表达式 2; 表达式 3）

但注意省略表达式 1 时，其后的分号不能省略。此时，应在 for 语句之前给循环变量赋初值。

（2）如果省略表达式 2，即：

　　for（表达式 1; 表达式 3）

则表示表达式 2 的值始终为真，循环将无终止地进行下去。

（3）如果省略表达式 3，即：

　　for（表达式 1; 表达式 2; ）

此时也将产生一个无穷循环。

（4）也可以同时省略表达式 1 和表达式 3，即：

　　for（; 表达式 2; ）

也即省略了循环的初值和循环变量的修改部分，此时完全等价于 while 语句。

（5）同时省略表达式 1、表达式 2 和表达式 3，即：

　　for（; ; ）

相当于赋循环变量的初值，循环控制条件始终为真，不修改循环变量，故循环将无终止地进行下去。

（6）在 for 语句中，表达式 1 和表达式 3 不仅可以使用简单表达式，也可以使用逗号表达式，即包含一个以上的简单表达式，中间用逗号间隔。在逗号表达式内按自左至右求解，整个表达式的值为其中最右边的表达式的值。

（7）for 语句的循环语句可以是空语句。空语句用来实现延时，即在程序执行中等待一定的时间。此时注意括号后面的分号不能省略。

## 即学即练

【试题 1】有以下程序

```
main()
{ int   k=4,n=0;
for( ; n<k ;)
{   n++;
if(n%3!=0)    continue;
k--; }
printf("%d,%d\n",k,n);
}
```

程序运行后的输出结果是_____。

A）1,1            B）2,2            C）3,3            D）4,4

# TOP58：嵌套循环结构

## 真题分析

【真题 1】有以下程序

```
mian()
{int i,j;
  for(i=1;i<4;i++)
{for(j=i;j<4;j++) printf("%d*%d=%d ",i,j,i*j);
printf("\n");
}
}
```

程序运行后的输出结果是_____。（2007 年 4 月）

A）1*1=1　　1*2=2　　1*3=3　　B）1*1=1　　1*2=2　　1*3=3

　　2*1=2　　2*2=4　　　　　　　　　2*2=4　　2*3=6

　　3*1=3　　　　　　　　　　　　　　3*3=9

C）1*1=1　　　　　　　　　D）1*1=1

　　1*2=2　　2*2=4　　　　　　　　2*1=2　　2*2=4

　　1*3=3　　2*3=6 3*3=9　　　　　3*1=3　　3*2=6　　3*3=9

**解析：** 程序中 for 循环的功能是让从 j=i 开始后的每一个大于等于 i 小于 4 的 j 与 i 相乘，并且 i 也从 1 循环到 4。

**答案：** B

【真题 2】main（）

{int a[4][4]={{1,4,3,2,},{8,6,5,7,},{3,7,2,5,},{4,8,6,1,}},i,j,k,t;

for（i=0;i<4;i++）

　　for（j=0;j<3;j++）

　　　　for（k=j+1;k<4;k++）

　　　　　　if（a[j][i]>a[k][i]）{t=a[j][i];a[j][i]=a[k][i];a[k][i]=t;}/*按列排序*/

　　for（i=0;i<4;i++）printf("%d,",a[i][i]);

}

程序运行后的输出结果是_____。（2007 年 4 月）

A）1,6,5,7,　　　B）8,7,3,1,　　　C）4,7,5,2,　　　D）1,6,2,1,

**解析：** 程序的功能是将二维数组按列排序，如果 a[j][i]>a[k][i]，则交换两者位置，可知是升序排列，又因为 i 也从 0 循环到 3，所以每一列都进行升序排列，则可知最后二维数组的元素为 a[4][4]={{1,4,2,1,},{3,6,3,2,},{4,7,5,5,},{8,8,6,7,}}，程序最后要求输出对角线元素，则应为 1，6，5，7。

**答案：** A

## 🌀 题型点睛

在一个循环体内又完整地包含了另一个循环，称为循环嵌套。循环的嵌套可以多层，但第一层循环在逻辑上必须是完整的。

## 即学即练

【试题1】有以下程序

```
main()
  { int   i,n=0;
for(i=2;i<5;i++)
  { do
  { if(i%3)   continue;
n++;
  } while(!i);
n++;
  }
printf("n=%d\n",n);
  }
```

程序执行后输出结果是_____。

A) n=5          B) n=2          C) n=3          D) n=4

# TOP59：break 在循环结构中的应用

## 真题分析

【真题1】下列叙述中正确的是_____。(2006 年 9 月)

A）break 语句只能用于 switch 语句

B）在 switch 语句中必须使用 default

C）break 语句必须与 switch 语句中的 case 配对使用

D）在 switch 语句中不一定使用 break 语句

**解析：** break 语句除了能用于 switch 语句外，还能用于循环语句；A 错误；switch 语句中可以不使用 default 和 break 语句，如果 case 后面表达式的值没有与 switch 后表达式值相等的，则不执行 switch 语句，如果没有 break，则继续执行下面语句，B、C

错误。

答案：D

【真题 2】有以下程序

```
main()
{    int a=1,b;
     for(b=1;b<=10;b++)
     {    if(a>=8)break;
          if(a%2==1)   {a+=5;continue;}
          a-=3;
     }
     printf("%d\n",b);
}
```

程序运行后的输出结果是_____。（2005 年 4 月）

A）3              B）4              C）5              D）6

解析：程序开始时 b 为 1，进入循环体，此时 a 为 1，判断 a>=8 为假，转而判断 a%2==1 为真，执行 a=a+5=1+5=6，再判断 a%2=6%2=0 为假，执行 a=a-3=3，第一个循环结束，b++得 2，进入第二次循环。判断 a>=8 为假，再判断 a%2==1 为真，执行 a=a+5=3+5=8，再判断 a%2=8%2=0 为假，执行 a=a-3=5，第二次循环结束，b++得 2，进入第三次循环。判断 a>=8 为假，再判断 a%2==1 为真，执行 a=a+5=5+5=10，再判断 a%2=10%2=0 为假，执行 a=a-3=7，第三次循环结束，b++得 3，进入第四次循环。判断 a>=8 为假，再判断 a%2==1 为真，执行 a=a+5=7+5=12，再判断 a%2=12%2=0 为假，执行 a=a-3=9，第四次循环结束，b++得 4，再进入第五次循环，判断 a>=8 为真，执行 break 语句退出 for 循环，此时输出 b 的值为 4。

答案：B

## 题型点睛

break 语句的使用说明：

（1）只能在循环体内和 switch 语句体内使用 break 语句。

（2）当 break 出现在循环体中的 switch 语句体内时，其作用只是跳出该 switch 语句体。当 break 出现在循环体中，但并不在 switch 语句体内时，则在执行 break 后，跳出本层循环体。

注意：break 语句使流程跳出本层循环体，从而提前结束本层循环。break 语句只能跳出一层循环，即从当前循环层中跳出。如果要跳出多层循环，可使用 goto 语句。

## 即学即练

【试题1】以下程序运行后的输出结果是_____。

```
main()
  { int  i,m=0,n=0,k=0;
    for (i=9; i<=11; i++)
      switch(i/10)
          { case 0:   m++; n++; break;
            case 10:   n++;break;
            default:   k++;n++;
          }
      printf("%d %d %d\n",m,n,k);
  }
```

# TOP60：continue 在循环结构中的应用

## 真题分析

【真题1】有以下程序

```
main()
{int  i, j, x=0;
for(i=0; i<2; i++)
{x++;
for(j=0; j<=3; j++)
{if(j%2) continue;
x++;
}
```

```
    x++;
  }
  printf("x=%d \n", x);
}
```

程序执行后的输出结果是＿＿＿＿。（2006 年 4 月）

A）x=4　　　　　B）x=8　　　　　C）x=6　　　　　D）x=12

**解析**：程序执行过程为：①i=0，第一次循环：x=1，j=0，嵌套循环第一次循环：j=0，j%2=0，执行 x++，则 x=2；进行第二次嵌套循环：j=1，j%2=1，continue；进行第三次嵌套循环：j=2，j%2=0,执行 x++，则 x=3；进行第四次嵌套循环：j=3，j%2=1，continue；条件不成立，跳出嵌套循环。执行 x++，则 x=4。②i=1，第二次循环，执行过程与第一次循环过程一样，所以 x 再自加四次，最后结果为 8。

**答案**：B

## 题型点睛

continue 语句的作用是结束本次循环，即跳过本次循环体中余下尚未执行的语句，接着再一次进行循环的条件判定。

注意：continue 语句只是结束循环结构中的本次循环，并非跳出整个循环过程。对 while 和 do~while 语句，遇 continue 语句后，转向执行 while 之后圆括号内的条件表达式的判断。执行 continue 语句并没有使整个循环终止。

## 即学即练

【试题1】以下程序的输出结果是＿＿＿＿。

```
main()
{ int a, b;
  for(a=1, b=1; a<=100; a++)
    { if(b>=10)
        break;
      if(b%3==1)
        { b+=3;
          continue;
```

```
        }
    }
    printf("%d\n",a);
}
```

  A）101           B）6           C）5           D）4

# 本章即学即练答案

| 序号 | 答案 | 序号 | 答案 |
| --- | --- | --- | --- |
| TOP54 | 【试题1】答案：B | TOP55 | 【试题1】答案：B |
| TOP56 | 【试题1】答案：D<br>【试题2】答案：C | TOP57 | 【试题1】答案：C |
| TOP58 | 【试题1】答案：D | TOP59 | 【试题1】答案：13 |
| TOP60 | 【试题1】答案：D | | |

# 第 10 章 字符型数据

## TOP61：字符型常量的定义

### 真题分析

【真题1】已知字符 A 的 ASCII 码值为 65 以下语句的输出结果是_____。(2004年4月)

```
char    ch='B';
printf("%c%d\n"ch,ch);
```

**解析：**字符常量和字符变量在内存中都占 1 个字节，且存放的是字符的 ASCII 代码值；字符 A'~Z'的 ASCII 代码值依次为 65~90，C 语言允许将 ASCII 代码值按整数处理。字符常量'B'的 ASCII 代码值为 66。

**答案：**66

### 题型点睛

字符常量是用一对单引号括起来的一个字符。

(1) 单引号中的大写字母和小写字母代表不同的字符常量，如'A'和'a'是不同的字符常量。

(2) 字符常量只能包含一个字符。

(3) 在 C 语言中，字符常量具有数值，这个值就是该字符在规定的字符集中的 ASCII 代码值。在 ASCII 字符集中的 256 个字符的值为 0~255。

(4) 字符常量在机器内以整型常量的形式存放，占一个字节。因此，字符常量与整型常量等价。

### 即学即练

【试题1】已定义 c 为字符型常量，则下列语句中正确是_____。

A) c='97';       B) c="97";       C) c=97;       D) c="a";

# TOP62：字符型常量的运算

## 真题分析

【真题 1】已知大写字母 A 的 ASCII 码是 65,小写字母的 a 的 ASCII 码是 97,以下不能将变量 c 中的大写字母转换为对应小写字母的语句是_____。（2007 年 4 月）

A）c =(c-'A')%26+'a'　　　　　　　B）c=c+32

C）c=c-'A'+'a'　　　　　　　　　　D）c=('A'+c)%26-'a'

**解析**：对于 A：由于英文中有 26 个字母，由 c-'A'所得变量 c 与 A 的 ASCII 码的差值，对 26 求余还是它们 ASCII 码的差值，然后加上 a 的 ASCII 码，即可将大写字母转化为小写字母；对于 B：大写字母与小写字母间的 ASCII 码的差值为 32；对于 C：原理与 A 一样，即由 c 与 A 的 ASCII 码的差值加上 a 的 ASCII 码，最后得小写字母；对于 D：'A'+c 的值再对 26 求余，没有转化规律，明显错误。

**答案**：D

【真题 2】数字字符 0 的 ASCII 值为 48，若有以下程序

```
main()
{    char a='1',b='2';
     printf("%c,",b++);
     printf("%d\n",b-a);
}
```

程序运行后的输出结果是_____。（2005 年 9 月）

A）3,2　　　　B）50,2　　　　C）2,2　　　　D）2,50

**解析**：程序中 a、b 是字符变量，字符变量与整型变量可以通用，以字符形式输出 b++，由于++号在后面，所以先取 b 的值输出再使 b 增加 1，输出为字符 2，而不是它 ASCII 码值；第二个 printf 输出的是 b-a 的值，且以十进制数的形式输出，且此时 b 增加了 1，为字符 3，b-a 的值相当于'3'-'1'，应为 2，因此输出为 2，2。

**答案**：C

## 题型点睛

字符型常量的数值是它们的 ASCII 代码值，字符型常量的运算都是以它们的 ASCII 代码值来进行运算。

## 即学即练

【试题1】若有以下程序

```
main()
{  char a;
   a='H'-'A'+'0';
   print("%c\n",a);
}
```

执行后的输出结果是_____。

# TOP63：转义字符的定义

## 真题分析

【真题1】以下合法的字符型常量是_____。（2007 年 4 月）

　　A）'\x13'　　　　　B）'\081'　　　　　C）'65'　　　　　D）"\n"

**解析：** 对于 B：由于以数字 0 开头，是八进制，而数字中出现了 8，错误；对于 C：字符常量只能包含一个字符，而 65 是两个字符；对于 D：字符常量只能用单引号括起来，而这里使用了双引号，故错误。

**答案：** A

【真题2】已经定义 ch 为字符型变量，以下赋值语句中错误的是_____。（2003 年 9 月）

　　A）ch='\'';　　　　B）ch=62+3;　　　　C）ch=NULL;　　　　D）ch='\xaa';

**解析：** C 语言规定，被一对单引号括起来的字符不允许是单引号或反斜杠，即 '''或 '\'，所以选项 A 是不正确的；B 选项是赋给 ch 于 ASCII 值，正确；D 选项是转义字符，以十六进制表示，正确；C 选项合法。

答案：A

## 🌀 题型点睛

转义字符常量，以一个"\"开头的字符序列。

注意：

（1）转义字符常量只代表一个字符。

（2）反斜线后的八进制数可以不用 0 开头。

（3）反斜线后的十六进制只可由小写字母 x 开头，不允许用大写字母 X，也不能用 0x 开头。

## 🦎 即学即练

【试题1】已知大写字母 A 的 ASCII 码值是 65，小写字母 a 的 ASCII 码是 97，则用八进制表示的字符常量 '\101'是_____。

A）字符 A　　　　B）字符 a　　　　C）字符 e　　　　D）非法的常量

# TOP64：字符型变量的定义

## ☞ 真题分析

【真题1】以下程序的功能是输入任意整数给 n 后，输出 n 行由大写字母 A 开始构成的三角形字符阵列图形。例如，输入整数 5 时(注意：n 不得大于 10)，程序运行结果如下：

ABCDE

FGHI

JKL

MN

O

请填空完成该程序。（2006 年 4 月）

```
main()
{    int i,j, n;    char ch='A';
```

```
scanf("%d"，&n);
if(n<11)
{for(i=1；i<=n；i++)
    {for(j=1；j<=n-i+1;j++)
        {printf("%2c"，ch);
            ___【1】___；
        }
        ___【2】___；
    }
}
else printf("n is too large! \n")
printf(" \n");
}
```

**解析**：先输出 A，下一次应输出 B，然后输出 C…，所以应让字符常量持续加 1，因此【1】处应填 ch++；一行输出后应换行，因此【2】处应填 printf("\n")。

**答案**：【1】ch++　　　【2】printf("\n")

## 题型点睛

字符型变量的说明格式为：char 变量名表；

（1）字符变量在内存中占一个字节，只能存放一个字符，可以是 ASCII 字符集中的任何字符。当把字符放入字符变量中时，字符变量中的值就是该字符的 ASCII 值。

（2）在合法的取值范围内，字符型变量与整型变量可以通用。

## 即学即练

【试题1】有以下程序
```
main()
{   char    a,b,c,*d;
    a='\';              b='\xbc';
    c='\0xab';          d="\0127";
    printf("%c%c%c\n",a,b,c,*d);
```

```
}
```
编译时出现错误，以下叙述中正确的是_____。

A）程序中只有 a=\'; 语句不正确　　　　B）b=\xbc'; 语句不正确

C）d="\0127";语句不正确　　　　　　　D）a=\'; 和 c=\0xab'; 语句都不正确

# TOP65：字符串常量的定义及其与字符型常量的区别

## 真题分析

【真题1】有以下程序
```
main()
{      char a[7]="a0\0a0\0"; int i,j;
 i=sizeof(a); j=strlen(a);
 printf("%d %d\n",i,j);
}
```
程序运行后的输出结果是_____。（2005 年 4 月）

A）2  2　　　　B）7  6　　　　C）7  2　　　　D）6  2

**解析：**内存给数组 a 分配了 7 个字节的存储单元，于是 sizeof(a)等于 7，由于第三个字符是'\0'，字符串结束，于是 strlen(a)等于 2。

**答案：**C

## 题型点睛

1. 字符串常量是由双引号括起来的一串字符。在 C 语言中，系统在每个字符串的最后自动加入一个字符——'\0'作为字符串的结束标志。

2. 字符串常量与字符常量的区别

（1）使用的引号类型不同。

（2）容量不同：字符常量只能是单个字符，字符串常量则可以含一个或多个字符。

（3）占用内存空间大小不同：字符常量占一个字节的内存空间，字符串常量占的内存字节数等于字符串中字节数加 1。增加的一个字节用来存放字符'\0'，作为字符串的结束标志。

（4）C 语言中没有专门存放字符串的字符串变量，字符串如果需要放在变量中，应该放在一个字符型数组中，即用一个字符型数组来存放一个字符串。

## 🐍 即学即练

【试题1】以下程序的输出结果是＿＿＿＿。

```
main()
{ char s[ ]= "abcdef";
  s[3]= '\0';
  printf("%s\n",s);
}
```

# TOP66：用 printf 函数和 scanf 函数对字符进行输出和输入

## 👉 真题分析

【真题1】设变量均已正确定义,若要通过

scanf("%d%c%d%c",&a1,&c1,&a2,&c2);语句为变量a1和a2赋数值10和20,为变量 c1 和 c2 赋字符 X 和 Y。以下所示的输入形式正确的是（注：□代表空格字符）＿＿＿＿。(2007年4月)

A）10□X□20□Y〈回车〉  B）10□X20□Y〈回车〉、

C）10□X〈回车〉    D）10X〈回车〉

  20□Y〈回车〉     20Y〈回车〉

**解析：** 交叉输入数值数据和字符数据时，必须以特定格式输入数据，请参见题型点睛。

**答案：** D

## 🧐 题型点睛

用 printf 函数输出字符时只须使用格式说明%c,可以在格式字符前加一个整数,用来指定输出字符的宽度。

用 scanf 函数输入字符时也要使用格式说明%c。

注意：

（1）当使用的格式说明%c一个紧接一个时，在输入字符时，字符之间没有间隔符，这时空格、回车和横向跳格符都将按字符读入。

（2）当交叉输入数值数据和字符数据时，即在输入项表中交替出现字符变量和数值变量，例如：

int a1,a2; char c1,c2;

scanf("%d%c%d%c",&a1,&c1,&a2,&c2)

必须用以下形式输入数据：

10A□20B<CR> （此处□表示空格，<CR>表示 Enter 键）

## 即学即练

【试题 1】能有以下程序段

int m=0,n=0; char c='a';

scanf("%d%c%d",&m,&c,&n)；

printf("%d,%c,%d\n",m,c,n)；

若从键盘上输入：10A10<回车>，则输出结果是_____。

A）10,A,10　　　　B）10,a,10　　　　C）10,a,0　　　　D）10,A,0

# TOP67：用 putchar 函数和 getchar 函数对字符进行输出和输入

## 真题分析

【真题 1】当执行以下程序时,输入 1234567890<回车>,则其中 while 循环体将执行_____次。(2007 年 4 月)

```
#include <stdio.h>
main()
{char ch;
  while((ch=getchar())=='0')  printf("#");
}
```

解析：表达式(ch=getchar())=='0'是判断输入字符是否为 0，如果为 0，则循环，如果不为零，跳出循环。由于输入数据第一个是 1，循环条件不成立，故不进入循环体。

**答案**: 0

【真题 2】要求通过 while 循环不断读入字符，当读入字母 N 时结束循环。若变量已正确定义，以下正确的程序段是＿＿＿＿＿。(2006 年 4 月)

A) while((ch=getchar())!=′N′)printf("%c",ch);

B) while(ch=getchar()!=′N′)printf("%c",ch);

C) while(ch=getchar()==′N′)printf("%c",ch);

D) while((ch=getchar())==′N′)printf("%c",ch)

**解析**: 要求读入字母 N 时结束循环，则循环条件应为读入字母不等于 N，A 符合要求；对于 B: 赋值运算符是从右向左结合，不管读入字母是否 N，ch= getchar()!=′N′是个恒等式陷入死循环；C 同 B 一样；D 选项是如果读入字母等于 N，则循环，与题意不符。

**答案**: A

【真题 3】有以下程序

```
#include <stdio.h>
main()
{char c1, c2, c3, c4, c5, c6;
scanf("%c%c%c%c", &c1, &c2, &c3, &c4);
c5=getchar(); c6=getchar();
putchar(c1); putchar(c2);
printf("%c%c \n", c5, c6);
}
```

程序运行后，若从键盘输入(从第 1 列开始)

123<回车>

45678<回车>

则输出结果是＿＿＿＿＿。(2006 年 4 月)

A) 1267　　　　B) 1256　　　　C) 1278　　　　D) 1245

**解析**: 使用 scanf 函数输入数据时,格式说明%c 一个紧接一个时,在输入字符时,字符之间没有间隔符,这时空格、回车和横向跳格符都将按字符读入,因此将 1 赋给

c1，2 赋给 c2，3 赋给 c3，空格赋给 c4；然后通过 getchar 函数分别将 4 和 5 赋给 c5 和 c6。

答案：D

## ⊛ 题型点睛

调用 putchar 和 getchar 函数输出和输入字符

（1）putchar 函数一般形式为：　putchar（参数）

putchar 函数的参数可以是字符变量或字符常量或整型变量，也可以是某个字符对应的 ASCII 码值，还可以是表达式。并且还可以是控制字符，如'\n'，它的作用是回车换行，即使输出的当前位置移到下一行的开头。

（2）getchar 函数的一般形式为：getchar（）

getchar 函数不需要参数，函数的值是从输入设备得到的字符。该函数的使用方式有两种：一是把函数 getchar 得到的字符代码赋给一个字符型或整型变量，二是把函数 getchar 得到的字符代码直接作为表达式的一部分，而不赋给任何变量。

## ⊛ 即学即练

【试题 1】以下叙述中正确的是_____。

A）调用 printf 函数时，必须有输出项

B）调用 putchar 函数时，必须在之前包含头文件 stdio.h

C）在 C 语言中，整数可以以十二进制、八进制或十六进制的形式输出

D）调用 getchar 函数读入字符时，可以从键盘上输入字符所对应的 ASCII 码

# 本章即学即练答案

| 序号 | 答案 | 序号 | 答案 |
|------|------|------|------|
| TOP61 | 【试题 1】答案：C | TOP62 | 【试题 1】答案：7 |
| TOP63 | 【试题 1】答案：A | TOP64 | 【试题 1】答案：D |
| TOP65 | 【试题 1】答案：abc | TOP66 | 【试题 1】答案：A |
| TOP67 | 【试题 1】答案：B | | |

# 第 11 章   函数

## TOP68：函数类型和返回值

### 👉 真题分析

【真题1】在C语言中,函数返回值的类型最终取决于_____。（2007年4月）

A）函数定义时的函数首部所说明的函数类型

B）return 语句中表达式值的类型

C）调用函数时主调函数所传递的实参类型

D）函数定义时形参的类型

解析：return 语句中表达式的值就是所求的函数值,且其类型必须与函数首部所说明的类型一致。

答案：A

【真题2】已定义以下函数

　　int fun (int *p)

　　{return *p; }

　　fun 函数返回值是_____。（2006年4月）

A）不确定的值                          B）一个整数

C）形参P中存放的值                     D）形参P的地址值

解析：return 语句中表达式的值就是所求的函数值,且其类型与函数首部所说明的类型一致。所以返回的就是一个int 类型的值。

答案：B

### 🏵 题型点睛

1．C语言函数定义的一般形式:

*存储类型说明符  函数返回值类型名  函数名(类型名 形参 1, 类型名 形参*

2, …)

　　*函数首部*/

　　{说明部分

　　执行部分

　　}

　　（1）存储类型说明符说明该函数是内部函数还是外部函数。

　　（2）函数返回值类型名是用来说明该函数返回值的类型，如果没有返回值，则其类型说明符应为"void"。

　　（3）函数名和形式参数都是由用户命名的标识符。在同一程序中，函数名必须唯一，形式参数名只要在同一函数中即可，可以与其他函数中的变量同名。

　　（4）若省略了函数返回值的类型名，则 C 默认函数返回值的类型为 int 类型。

　　（5）形参可以省略，称为无参函数。在调用时不需实参。即

　　存储类型说明符　函数返回值类型名　函数名（）

　　（6）函数体中，除形参外，用到的其他变量必须在说明部分进行定义，且可以和其他函数中的变量同名。

　　2．函数的返回值

　　函数值通过 return 语句返回，return 语句的一般形式为：

　　　　return　表达式；　　或　　return（表达式）　或　　return；

　　（1）return 语句中表达式的值就是所求的函数值，且其类型必须与函数首部所说明的类型一致。若类型不一致，则由系统自动转换为函数值的类型。

　　（2）在程序执行到 return 语句时，流程就返回到调用该函数处，并带回函数值。在同一个函数内，可以在多处出现 return 语句。

　　（3）return 语句也可以不含表达式。此时，它只是使流程返回到调用函数，并没有确定的函数值。

　　（4）函数体内可以没有 return 语句，程序就一直执行到函数末尾，然后返回调用函数，此时也没有确定的函数值带回。

## 即学即练

　　【试题1】程序中对 fun 函数有如下说明

　　void　*fun（）；

　　此说明的含义是＿＿＿＿。

　　A）fun 函数无返回值

　　B）fun 函数的返回值可以是任意的数据类型

　　C）fun 函数的返回值是无值型的指针类型

　　D）指针 fun 指向一个函数，该函数无返回值

# TOP69：有返回值的函数的一般调用

## 真题分析

　　【真题 1】有以下程序

```
fun(int x,int y){return(x+y);}
main()
{int a=1,b=2,c=3,sum;
sum=fun((a++,b++,a+b),c++);
printf("%d",sum);
}
```

　　执行后的输出结果是_____。（2006 年 9 月）

　　A）6　　　　　　　　　　　　　　B）7

　　C）8　　　　　　　　　　　　　　D）9

　　**解析：**这是返回值为 int 型的的函数调用，第一个实参是一个逗号表达式，值为 5，于是应 return 5+ c++，应先将 c 的原值代入计算，即 5+3=8。

　　**答案：C**

　　【真题 2】有以下程序

```
int sub(int n)    {    return(n/10+n%10);    }
main()
{ int x,y;
   scanf("%d",&x);
   y=sub(sub(sub(x)));
   printf("%d\n",y);
}
```

　　若运行时输入：1234<回车>，则程序的输出结果是_____。（2005 年 9 月）

解析：1234 作为实参传递给形参 n，

sub(x) 的值为 1234/10+1234%10=123+4=127，

sub(sub(x)) ＝sub(127)=127%10+127%10=12+7=19，

y=sub(sub(sub(x)))=sub(19)=19/10+19%10=1+9=10。

答案：10

## 题型点睛

1．有返回值的调用形式

函数名(实际参数列表)

调用的结果是获得一个返回值，该返回值可以参加相应类型的计算。

2．函数调用的过程

①首先为被调函数的所有形式参数分配内存，再计算实际参数的值，再一一对应地赋给相应的形式参数(对于无参函数，不做该项工作)；

②然后进入函数体，为函数说明部分定义的变量分配存储空间，再依次执行函数体中的可执行语句；

③当执行到"return(表达式)"语句时，计算返回值，收回本函数中定义的变量所占用的存储空间(对于 static 类型的变量，其空间不收回)，返回主调函数继续执行。

3．函数调用的语法要求

(1) 调用函数时，函数名必须与所调用的函数名字完全一致。

(2) 实参的个数必须与形参一致。

(3) C 语言规定，函数必须先定义后调用。

## 即学即练

【试题1】以下程序通过函数 SunFun 求。这里 f(x)=$x^2$+1，由 F 函数实现。请填空＿＿＿＿。

```
main( )
{    printf("The  sum=%d\n", SunFun(10) ); }
SunFun( int  n )
{    int  x，s=0;
     for (x=0; x<=n; x++ ) s+=F(   【1】   );
     return  s;
```

}

F（int　x）

{　　return　　（　【2】　）；　}

# TOP70：无返回值的函数的一般调用

## 真题分析

【真题1】有以下程序

void fun2（char a,char b）{printf（"%c %c ",a,b）；}

char a='A',b='B';

void fun1（）{a='C';b='D';}

main（）

{fun1（）；

printf（"%c %c ",a,b）；

fun2（'E','F'）；

}

程序的运行结果是_____。（2006 年 9 月）

A）CDEF　　　　　　　　　　　　B）ABEF

C）ABCD　　　　　　　　　　　　D）CDAB

**解析：**　fun1（）;是无参调用，在函数 fun1 里面改变了全局变量 a,b 的值，因此执行 printf（"%c %c ",a,b）时输出 C D；　fun2（'E','F'）是有参调用，虽然此时 a,b 是形参，但在函数内输出的就是形参的值，因此输出 E F。

**答案：** A

【真题2】设函数 fun 的定义形式为

void　fun（char　ch,float　x）　{　}

则以下对函数 fun 的调用语句中，正确的是_____。（2005 年 9 月）

A）fun（"abc",3.0）；　　　　　　B）t=fun（'D',16.5）；

C）fun（'65',2.8）；　　　　　　　D）fun（32,32）；

解析：函数调用时，函数名必须与所调用的函数名完全一致，且实参的个数必须与形参的个数一致，类型上也应按位置与形参一一对应匹配。选项 A 中 abc 是字符串，与形参不匹配；由于 fun 函数的返回值类型为 void，所以选项 B 中进行的赋值操作是不正确的；选项 C 中的'65'是不合法的表示形式，单引号中应该是单个字符。所以只有选项 D 是合法的函数调用形式。

**答案：D**

## 题型点睛

无返回值的调用形式

函数名(实际参数列表)；（注意，这里的分号必不可少）

函数的执行过程与有返回值的调用形式一样，只是最后没有"return(表达式)；"语句。

## 即学即练

【试题 1】有以下程序

```
void f(int v, int w)
{ int   t;
    t=v; v=w; w=t;
}
main ()
{ int    x=1,y=3,z=2
    if(x>y)            f(x,y);
    else if (y>z)       f(y,z);
    else               f(x,z);
    printf("%d,%d,%d\n",x,y,z);
}
```

执行后输出结果是＿＿＿＿。

A）1,2,3　　　　　　　　　　B）3,1,2

C）1,3,2　　　　　　　　　　D）2,3,1

# TOP71：函数的嵌套调用

## 真题分析

【真题1】有以下程序

```
int fun1 (double a) {return a*=a; }
int fun2 (double x，double y)
{double a=0，b=0;
a=fun1 (x)；b=fun1 (y)；return (int) (a+b)；
}
main ()
{double w；w=fun2 (1.1，2.0)；…}
```

程序执行后变量 w 中的值是_____。(2006 年 4 月)

A）5.21　　　　　　B）5　　　　　　C）5.0　　　　　　D）0.0

**解析：** 函数 fun2 调用了函数 fun1，所以 fun2 的功能是 $x^2+y^2$=$1.1^2$+$2.0^2$=5.21，且将结果转化为整型 5。但在主函数中，定义 w 为 double 型，fun2 (1.1，2.0) 是整型，赋值时需将整型 5 转化为 double 型 5.0。

**答案：** C

## 题型点睛

C 语言中，除了主函数外，用户定义的函数或库函数都可以互相进行调用，在被调用的函数 f1 中，又有其他的函数 f2 被 f1 调用，这就是函数的嵌套调用。

## 即学即练

【试题1】有以下程序

```
int f1 (int x,int y) {return x>y?x:y ;}
int f2 (int x,int y) {return x>y?y:x; }
main ()
{      int a=4,b=3,c=5,d=2,e,f,g;
```

```
e=f2(f1(a,b),f1(c,d)); f=f1(f2(a,b),f2(c,d));
g=a+b+c+d-e-f;
printf("%d,%d,%d\n",e,f,g);
}
```

程序运行后的输出结果是_____。

A）4,3,7　　　　B）3,4,7　　　　C）5,2,7　　　　D）2,5,7

# TOP72：函数的递归调用

## 真题分析

【真题1】以下程序的输出结果是_____。（2007 年 4 月）

```
int fun(int*x,int n)
{if(n==0)
return x[0];
else return x[0]+fun(x+1,n-1);
}
main()
{int a[]={1,2,3,4,5,6,7};
printf("%d\n",fun(a,3));
}
```

**解析：** 本递归函数完成的功能是将数组的前 n+1 个元素相加，因此结果为
1+2+3+4=10。

**答案：** 10

【真题2】有以下程序

```
fun(int x)
{int p;
if(x==0||x==1) return(3);
p=x-fun(x-2);
```

return p;

}

main()

{printf("%d\n",fun(7));}

执行后的输出结果是_____。

A）7　　　　　　B）3　　　　　C）2　　　　D）0

**解析：** 递归函数执行过程为：x=7➔p=7-fun(7-2)=7-fun(5)➔

fun(5)=5-fun(3)➔fun(3)=3- fun(1)=3-3=0 ➔fun(5)=5-0=5

➔fun(7)=7-5=2。

**答案：** C

## 题型点睛

函数的嵌套调用中，如果函数自己调用自己，则称为函数的递归调用。

## 即学即练

【试题1】有以下程序

char fun(char x, char y)

{ if(x<y) return x;

return y;

}

main()

{ int a='9', b='8', c='7';

phintf("%c\n",fun(fun(a,b),fun(b,c)));

}

程序的执行结果是_____。

A）函数调用出错

B）8

C）9

D）7

# TOP73：函数的声明

## 真题分析

**【真题1】** 若有以下函数首部

int fun（double x[10],int *n）

则下面针对此函数的函数声明语句中正确的是_____。（2006 年 9 月）

A）int fun（double x,int *n）；　　　　　　B）int fun（double,int）；

C）int fun（double *x,int n）；　　　　　　D）int fun（double *,int *）；

**解析**：函数的声明语句中，参数类型必须与函数首部中的类型一致，函数首部的两个参数分别是 double 型的数组和 int 型指针，所以函数声明也应是一个 double 型的指针和 int 型指针。

**答案**：D

**【真题2】** 若程序中定义了以下函数

double myadd（double a,double b）

　{return （a+b）;}

并将其放在调用语句之后，则在调用之前应该对函数进行说明，以下选项中错误的说明是_____。（2004 年 4 月）

A）double myadd（double a, b）；

B）double myadd（double，double）；

C）double myadd（double b，double a）；

D）double myadd（double x,double y）；

**解析**：有参函数的说明形式为：<函数返回值类型><函数名>（<类型名><形参名1>，<类型名><形参名2>…）其中形参名可以省略。A 项中没对形参 b 进行说明。

**答案**：A

**【真题3】** 以下说法中正确的是_____。（2006 年 9 月）

A）C 语言比其他语言高级

B）C 语言可以不用编译就能被计算机识别执行

C）C 语言以接近英语国家的自然语言和数学语言作为语言的表达形式

D）C 语言出现最晚，具有其他语言的一切优点

**解析：** 高级程序设计语言都是用接近人们习惯的自然语言和数学语言作为语言的表达形式，人们学习和操作起来感到十分方便，例如：BASIC、PASCAL 以及 C 语言等等。不同的高级语言具有不同的特点，但都需要经过编译、链接后生成.exe 可执行文件方可被计算机识别执行。

**答案：** C

## 题型点睛

在 C 语言中，除了主函数外，对于用户定义的函数要遵循"先定义，后使用"的原则。凡是未在调用前定义的函数，C 编译程序都默认函数的返回值为 int 类型，对于返回值为其他类型的函数，若把函数的定义放在调用之后，应该在调用之前对函数进行说明。函数说明的一般形式如下：

类型名　函数名（参数类型 1，参数类型 2，…）

或：

类型名　函数名（参数类型 1　参数名 1，参数类型 2　参数名 2，…）

此处的参数名完全是虚设的，它们可以是任意的用户标识符，即不必与函数首部中的形参名一致，又可以与程序中的任意用户标识符同名。函数说明语句中的类型名必须与函数返回值的类型一致。

## 即学即练

【试题 1】请在以下程序第一行的下划线处填写适当内容，使程序能正确运行。

```
_____(double,double);
main()
{    double  x, y;
     scanf("%lf%lf",&x,&y);
     printf("%lf\n",max(x,y));
}
double   max(double   a, double   b)
{   return(a>b?a:b);   }
```

# TOP74：调用函数和被调用函数之间的数据传递

## 真题分析

【真题1】以下程序中，函数 fun 的功能是计算 $x^2-2x+6$，主函数中将调用 fun 函数计算：

$$y1=(x+8)^2-2(x+8)+6$$

$$y2=\sin^2 x-2\sin(x)+6$$

请填空。（2006 年 9 月）

```
#include"math,h"
double fun(double x){return(x*x-2*x+6);}
main()
{double x,y1,y2;
printf("Enter x:");scanf("%lf",&x);
y1=fun(  【1】  );
y2=fun(  【2】  );
printf("y1=%lf,y2=%lf\n",y1,y2);
}
```

**解析：** 函数 fun 的形参是 x，要计算的是 $(x+8)^2-2(x+8)+6$ 和 $\sin^2 x-2\sin(x)+6$ 的值，因此实参应该是 x+8 和 $\sin(x)$。

**答案：**【1】x+8　　【2】$\sin(x)$

【真题2】以下程序运行后的输出结果是＿＿＿＿＿。（2005 年 4 月）

```
void swap(int x,int y)
{    int t;
    t=x;x=y;y=t;printf("%d  %d  ",x,y);
}
main()
{    int a=3,b=4;
```

swap(a,b); printf("%d　%d\n",a,b);

**解析**: swap 函数的功能是利用中间变量 t 实现两参数 x，y 之间的交换，并输出 x,y 的值。在主函数中对 swap 函数进行了调用，实参为 a 和 b，首先执行的是 swap 函数中的 printf 函数，输出 a，b 的值为 4 3。然后执行 main 中的 printf 函数。此题形参与实参之间的数据传递是单向的，因此函数调用后不保留 a,b 的值，因此输出的是原来的初值 3 4。

**答案**: 4 3 3 4

## 题型点睛

1．传递形式

（1）实际参数和形式参数之间进行数据传递;

（2）通过 return 语句把函数值返回调用函数;

（3）通过全局变量。

2．参数值的传递

主调函数在调用函数时，需要把相应的实际参数传给相应的形式参数，实际参数的个数和类型要和形式参数的个数和类型一致:

（1）实参的个数与类型应与形参一致，否则将会出现编译错误。

（2）实参可以是常量、变量、数组元素和表达式，但如果在被调函数中有取形参地址或给形参赋值的语句，则对应的实参必须是变量和数组元素。

（3）定义函数时定义的形参并不占用实际的存储单元，只有在被调用时才由系统给它分配存储单元，在调用结束后，形参所占用的存储单元被回收。

（4）C 语言规定，函数间的参数传递是"值传参"，即单向传递，实参可以把值传给形参，但形参的值不能传给实参，也就是说对形参的修改是不会影响到对应的实参。

## 即学即练

【试题 1】以下程序运行后的输出结果是_____。

```
void fun (int x, int y)
{ x=x+y; y=x-y; x=x-y;
  printf("%d,%d",x,y);
}
```

```
main()
{ int x=2, y=3;
  fun(x,y); printf("%d,%d\n",x,y);
}
```

## 本章即学即练答案

| 序号 | 答案 | 序号 | 答案 |
| --- | --- | --- | --- |
| TOP68 | 【试题 1】答案：C | TOP69 | 【试题 1】答案：x,    x*x+1 |
| TOP70 | 【试题 1】答案：C | TOP71 | 【试题 1】答案：A |
| TOP72 | 【试题 1】答案：D | TOP73 | 【试题 1】答案：double max |
| TOP74 | 【试题 1】答案：3,2,2,3 | | |

# 第12章 指针

## TOP75：指针变量的定义与初始化

### 真题分析

【真题1】设已有定义：float x;则以下对指针变量 p 进行定义且赋初值的语句中正确的是_____。（2007 年 4 月）

A）float *p=1024;　　　　　　　B）int *p=（float）x;

C）float p=&x;　　　　　　　　D）float *p=&x;

**解析**：分配给指针的存储内存存放的是地址，不能将常量赋给指针，A 错误；同样的，地址只可能是整型常量，B 错误；对于 C，p 是 float 常量，不能赋予地址，错误。

**答案**：D

【真题2】设有定义：int n=0, *p=&n, **q=&p;，则以下选项中，正确的赋值语句是_____。（2004 年 4 月）

A）p=1;　　　　B）*q=2　　　　C）q=p　　　　D）*p=5

**解析**：说明语句中将 n 的地址赋给指针变量 p（即 p 指向变量 n），将 p 的地址赋给指向指针变量的指针变量 q。A 项是将整型常量 1 赋给指针变量 p，指针变量 p 只能存放地址，不能存放整型值，错误；B 项，*q 即为指针变量 p，*q=2 等价于 p=2，错误；C 项不合法，p 是指向整型数据的指针变量（一级指针），q 是指向指针变量的指针变量（二级指针），错误；D 项，*p 即变量 n，*p=5 等价于 n=5，正确。

**答案**：D

### 题型点睛

定义指针变量的一般形式为：

　　　存储类型　类型名　*指针变量名1, *指针变量名2, …;

定义时也可以给其赋初值，格式为：

  *指针变量名[=初值]；

（1）"存储类型"可以缺省，缺省时的存储类型为自动型"auto"。

（2）定义指针变量时，指针变量名前必须有一个"*"，在此它是定义指针变量的标志，不同于后面所说的"指针运算符"。

（3）初值的形式通常有三种，分别是"&普通变量名"、"&数组元素"和"数组名"。C 语言规定"数组名"代表的是数组的首地址，即数组的第一个元素的地址。

## 即学即练

【试题1】若有以下定义和语句

#include<stdio.h>

int   a=4,b=3,*p,*q,*w;

p=&a; q=&b; w=q; q=NULL;

则以下选项中错误的语句是_____。

A）*q=0;    B）w=p;    C）*p=a;    D）*p=*w;

# TOP76：对指针变量赋值

## 真题分析

【真题1】已有定义：int  i,a[10],*p; ,则合法的赋值语句是_____。（2004 年 9 月）

A）p=100;   B）p=a[5];   C）p=a[2]+2;   D）p=a+2;

解析：p 是指针变量，不能将常量赋给它，而且也不能将表达式赋给它。因此 A、C、D 是不合法的赋值。

答案：B

【真题2】设有定义：int  n1=0,n2,*p=&n2,*q=&n1; ,以下赋值语句中与 n2=n1;语句等价的是_____。（2005 年 9 月）

A）*p=*q;   B）p=q;   C）*p=&n1;   D）p=*q;

解析：根据题意，p，q 为整型指针，分别指向整型变量 n2 和 n1。选项 B 是将 q

赋给 p，即 p 指向 n1；选项 C 是将 n1 的地址赋给 n2；选项 D 是将 n2 的值赋给 p，均不与 n2=n1 等价。只有选项 A 中，*p 即 n2，*q 即 n1，*p=*q 即等价与 n2=n1。

**答案：A**

### 🕮 题型点睛

一个指针变量可以通过以下三种方式获得一个确定的地址，从而指向一个具体的对象。

（1）通过求地址运算（&）获得地址值。

求地址运算符&只能应用于变量和数组元素，不可以用于表达式、常量或者被说明为 register 的变量。且&必须放在运算对象的左边，而且运算对象的类型必须与指针变量的基类型相同。

（2）通过指针变量获得地址值。

（3）通过标准函数获得地址值。

### 🕮 即学即练

【试题1】有以下程序段

main（）

{    int a=5,*b,**c;

c=&b;b=&a;

}

程序在执行了 c=&b;b=&a;语句后，表达式：**c 的值是_____。

A）变量 a 的地址          B）变量 b 中的值

C）变量 a 中的值          D）变量 b 的地址

# TOP77：通过指针引用一个存储单元

### 🖎 真题分析

【真题1】有以下程序

#inlucde <stdio.h>

main（）

```
{int n,*p=NULL;
*p=&n;
  printf（"Input n:"）;
  scanf（"%d",&p）;
  printf（"output n:"）;
  printf（"%d\n",p）;
}
```

该程序试图通过指针 p 为变量 n 读入数据并输出,但程序有多处错误,以下语句正确的是_____。（2007 年 4 月）

A）int n,*p=NULL;           B）*p=&n;

C）scanf（"%d",&p）           D）printf（"%d\n",p）;

**解析**：指针运算符"*",其作用是返回以操作对象的值作为地址的变量（或内存单元）的内容,而 B 选项是把地址赋给 p 指向的变量的内容,错误;对于 C：输出格式中应该是变量 n 的地址,而非指针的地址,这样输出的是 n 的地址,而非变量 n,错误;对于 D：要输出变量 n,输出格式应该是*p。

**答案**：A

【真题 2】以下程序的功能是：利用指针指向三个整型变量,并通过指针运算找出三个数中的最大值,输出到屏幕上,请填空：（2007 年 4 月）

```
main（）
{int x,y,z,max,*px,*py,*pz,*pmax;
scanf（"%d%d%d",&x,&y,&z）;
px=&x;
py=&y;
pz=&z;
pmax=&max;
    _____;
if（*pmax<*py）*pmax=*py;
if（*pmax<*pz）*pmax=*pz;
printf（"max=%d\n",max）;
```

}

**解析**：由于函数是输出变量中最大值，应该是三个变量比较，由空格下的程序语句可知是*pmax 与*py 和*pz 在比较，则应该将 pmax 指向变量 x，由于指针 px 已指向变量 x，因此可将 px 内的内容赋给 pmax。

**答案**：*pmax=*px;

【真题3】若有定义：int　x=0,*p=&x;则语句 printf（"%d\n",*p）;的输出结果是_____。（2005 年 9 月）

A）随机值　　　　　　　　　　　B）0

C）x 的地址　　　　　　　　　　D）p 的地址

**解析**：p 为整型指针，指向整型变量 x，输出项为*p，即 x 的值，所以输出结果为 0。

**答案**：B

## 题型点睛

指针运算符"*"：其作用是返回以操作对象的值作为地址的变量（或内存单元）的内容。它是单目运算符，优先级高于所有的双目运算符，结合性是自右向左。

## 即学即练

【试题1】有以下程序

```
main（ ）
{    int  a=7,b=8,*p,*q,*r;
     p=&a；  q=&b；
     r=p；   p=q；q=r；
     printf（"%d,%d,%d,%d\n",*p,*q,a,b ）；
}
```

程序运行后的输出结果是_____。

A）8,7,8,7　　　　　　　　　　　B）7,8,7,8

C）8,7,7,8　　　　　　　　　　　D）7,8,8,7

# TOP78：指针的移动

## 真题分析

【真题1】设有定义语句

int　x[6]={2,4,6,8,5,7},*p=x,i;

要求依次输出 x 数组 6 个元素中的值，不能完成此操作的语句是_____。（2004年9月）

A）for（i=0;i<6;i++）　　printf（"%2d",*（p++））；

B）for（i=0;i<6;i++）　　printf（"%2d",*（p+i））；

C）for（i=0;i<6;i++）　　printf（"%2d",*p++）；

D）for（i=0;i<6;i++）　　printf（"%2d",（*p）++）；

**解析：**运算符"++"的优先级高于"*"，所以选项A和选项C本质上是一样的。选项A、B、C都能输出 x 数组的6个元素，而选项D事实上是对 x[0] 进行依次加1输出，输出的结果是234567，而不是输出数组的6个元素。

**答案：**D

## 题型点睛

移动指针就是指对指针变量进行加上或减去一个整数、或通过赋值运算，使指针变量指向相邻的存储单元。当指针指向一串连续的存储单元时，还可以和指向同一串连续存储单元的指针进行相减的运算，除此之外，不可以对指针进行任何其他的算术运算。

（1）指针变量只能进行逻辑运算和相减的算术运算。

（2）不是指向同一数组的指针变量运算是无意义的。

（3）指针变量的值加1或减1，并不是地址值加1或减1，而是加上或减去该变量在内存中所占的字节数，该字节数由指针的基类型指定。

## 即学即练

【试题1】已定义以下函数

fun（char *p2,char *p1）

{　while（（*p2=*p1）!= '\0'）{p1++;p2++}}

函数的功能是_____。

A）将 p1 所指字符串复制到 p2 所指内存空间

B）将 p1 所指字符串的地址赋给指针 p2

C）对 p1 和 p2 两个指针所指字符串进行比较

D）检查 p1 和 p2 两个指针所指字符串中是否有'\0'

# TOP79：指针的比较

## 真题分析

【真题1】有以下函数

int fun（char *s）

{char *t=s;

while（*t++）；

return（t-s)

该函数的功能是_____。（2007 年 4 月）

A）比较两个字符串的大小

B）计算 s 所指字符串占用内存字节个数

C）计算 s 所指字符串的长度

D）将 s 所指字符串复制到字符串 t 中

**解析：** char *t=s;语句先将 s 中的内容复制到 t，while（*t++）;语句的作用是使指针 t 指向字符串的末尾，t-s 是两个指针的比较，即两个变量地址的比较。结果为 s 所指字符串占用内存字节个数。

**答案：** B

## 题型点睛

在关系表达式中，可以对两个指针进行比较，即两个变量地址的比较。

## 即学即练

【试题1】有以下函数

```
fun（char *a,char *b）
{while（（*a!='\0'）&&（*b!='\0'）&&（*a==*b））
{a++;b++;}
return（*a-*b）;
}
```

该函数的功能是_____。

A）计算 a 和 b 所指字符串的长度之差

B）将 b 所指字符串连接到 a 所指字符串中

C）将 b 所指字符串连接到 a 所指字符串后面

D）比较 a 和 b 所指字符串的大小

# TOP80：指针作为函数的参数

## 真题分析

【真题1】有以下程序

```
void swap（char *x，char *y）
{char t;
t=*x；  *x=*y；  *y=t;
}
main（）
{char *s1="abc"，*s2="123";
swap（s1，s2）; printf（"%s，%s\n"，s1，s2）;
}
```

程序执行后的输出结果是_____。（2006 年 4 月）

A）123，abc    B）abc，123    C）1bc，a23    D）321,cba

**解析:** 指针作变量，可以对 main 中的参数进行引用，但是由于 s1，s2 都是字符串的首地址，所以交换的也只是首字母。

**答案:** C

【真题2】有以下程序

```
void f（int *x,int *y）
{    int t;
t=*x;*x=*y;*y=t;
}
main（）
{    int a[8]={1,2,3,4,5,6,7,8},i,*p,*q;
p=a;q=&a[7];
while（p）
{    f（p,q）;  p++;  q--;  }
for（i=0;i<8;i++）printf（"%d,",a[i]）;
}
```

程序运行后的输出结果是_____。（2005 年 4 月）

A）8,2,3,4,5,6,7,1,          B）5,6,7,8,1,2,3,4,

C）1,2,3,4,5,6,7,8,          D）8,7,6,5,4,3,2,1,

**解析:** 本题的函数 f 是将两个指针所指的两个单元中的数值对换。指针 p 指向数组 a 的第一个元素 a [0]，而指针 q 指向数组 a 的元素 a [7]。调用 f 将 p 和 q 所指元素值对换，也就是将 a [0] 和 a [7] 的值对换，对换后结果分别是 8，1。p++指向 a [1],q--指向 a [6]，继续循环，调用 f 将 a [1] 和 a [6] 交换，结果变成7,1。依此类推，直到 p 和 q 相遇循环结束。数组 a 的值由{1,2,3,4,5,6,7,8}变成了{8,7,6,5,4,3,2,1}。输出 a 结果应该是：8,7,6,5,4,3,2,1。

**答案:** D

## 🈯 题型点睛

指针可以作为参数在主调函数和被调函数之间传递数据，通过指针可以在被调用函数中对调用函数中的变量进行引用，这也就使得通过形参改变对应实参的值有了可能，利用此形式就可以把两个或两个以上的数据从被调函数返回到调用函数。

## 即学即练

【试题1】有以下程序

```
void f（int   y,int   *x）
{    y=y+*x;    *x=*x+y; }
main（）
{   int    x=2,y=4;
f（y,&x）;
printf（"%d   %d\n",x,y）;
}
```

执行后输出结果是_____。

# TOP81：指针作为函数的返回值

## 真题分析

【真题1】有以下程序

```
float f1（float n）
{  return   n*n; }
float f2（float n）
{  return   2*n; }
main（）
{ float   （*p1）（float）,（*p2）（float）,（*t）（float）,y1,y2;
p1=f1; p2=f2;
y1=p2（p1（2.0））;
t=p1;p1=p2;p2=t;
y2=p2（p1（2.0））;
printf（"%3.0f,%3.0f\n",y1,y2）;
}
```

程序运行后的输出结果是_____。（2005 年 9 月）

A）8,16          B）8,8          C）16,16          D）4,8

**解析：** 本题主要考查函数指针的用法，float （*p1）（float）为定义一个参数和返回值都是 float 型的函数指针，y1 和 y2 为把两个子函数的地址赋给不同的函数指针得到的运算结果。

**答案：** A

## 题型点睛

指针作为函数的返回值的一般形式为：

类型名　　*函数名（形式参数说明列表）

（1）存储类型有两种，static 和 extern，默认为 extern。

（2）"*函数名" 不能写成 "（*函数名）"，否则就成了指向函数的指针。

（3）此类函数的调用形式通常是：p=函数名（实际参数列表），其中 p 通常是调用函数中定义的一个指针变量。

## 即学即练

【试题1】有以下程序

```
int    *f（int    *x,int    *y）
{    if（*x<*y）
    return   x;
    else
    return   y;
}
main（）
{    int    a=7,b=8,*p,*q,*r};
}
```

执行后输出结果是_____。

A）7,8,8                          B）7,8,7

C）8,7,7                          D）8,7,8

## 本章即学即练答案

| 序号 | 答案 | 序号 | 答案 |
|------|------|------|------|
| TOP75 | 【试题1】答案: A | TOP76 | 【试题1】答案: C |
| TOP77 | 【试题1】答案: C | TOP78 | 【试题1】答案: A |
| TOP79 | 【试题1】答案: D | TOP80 | 【试题1】答案: 8　4 |
| TOP81 | 【试题1】答案: B | | |

# 第13章 数组

## TOP82：一维数组的定义和初始化

### 真题分析

【真题1】以下能正确定义一维数组的选项是_____。（2005年4月）

A）int a[5]={0,1,2,3,4,5};

B）char a[]={0,1,2,3,4,5};

C）char a={'A','B','C'};

D）int a[5]="0123";

**解析：** 数组定义格式为：数据类型符 数组名[常量表达式]。此题考查的是在数组定义的同时进行初始化。选项A中定义的数组长度为5，但是初始化的6个元素，超出了数组长度，因此是不合法的；选项C中a的后面缺少了必须要的[ ]号，也是错误的；选项D中赋的初值是字符串类型，与数组的类型不一致，应改为char a[5]="0123"；所以不正确；选项B是正确的，虽然a的数组长度没有显式说明，但是给数组全体元素赋了初值，所以隐含了数组长度为5，是合法的。

**答案：** B

【真题2】以下叙述中错误的是_____。（2005年4月）

A）对于double类型数组，不可以直接用数组名对数组进行整体输入或输出

B）数组名代表的是数组所占存储区的首地址，其值不可改变

C）当程序执行中，数组元素的下标超出所定义的下标范围时，系统将给出"下标越界"的出错信息

D）可以通过赋初值的方式确定数组元素的个数

**解析：** 所有基本类型的数组都可以直接用数组名对数组进行整体输入和输出，只是在输入时需要连续输入数据，系统会根据间隔符给每个元素赋值，所以选项A的叙述是错误的。

答案：A

## 🌐 题型点睛

1．一维数组的定义

　　类型名　数组名[常量表达式]；

（1）常量表达式规定了数组元素的个数，即数组的长度。整个数组所占字节数＝类型长度×数组长度。

（2）常量表达式中不能包括变量，即 C 语言不允许定义动态数组。

（3）常量表达式中可以包括常量和符号常量。

（4）定义数组后，C 编译程序即为该数组在内存中开辟相应个数的存储单元，每个存储单元可以直接用相应的数组元素表示。C 语言规定数组第一个元素的下标总为 0（称为数组的下界）。

（5）在两种情况下，数组长度不作显式说明。

给数组全体元素赋初值时，可省去数组长度说明。

数组名作为函数的参数，在函数的参数说明部分，当指出参数是数组时，不能用长度说明。

2．一维数组初始化

　　类型名　数组名[常量表达式或省略]＝｛值0，值1，…｝；

（1）可以只给部分数组元素赋初值。当 ｛｝ 中值的个数少于数组元素个数时，则表示初值只赋予数组开始的若干个元素，余下部分元素为相应类型的缺省值，int 为整型数 0，字符型为空格等。

（2）｛｝ 中值的个数不能超过数组元素的个数。

（3）对较大数组中的若干不连续的数组元素赋予非零的初值，其余数组元素为 0 值时，可以用"，"表示对应位置的元素为 0 值。

## 🐛 即学即练

【试题1】以下能正确定义一维数组的选项是_____。

A）int num[];

B）#define N 100　　　int num[N];

C）int num[0..100];

D）int N=100;　　　　int num[N];

# TOP83：一维数组的引用

## 真题分析

【真题1】有以下程序

main（）

{int i，s=0，t［］={l，2，3，4，5，6，7，8，9}；

for（i=0；i<9；i+=2）s+=*（t+i）；

printf（"%d\n"，s）；

}

程序执行后的输出结果是_____。（2006 年 4 月）

A）45　　　　　　B）20　　　　　　C）25　　　　　　D）36

**解析**：数组名表示数组首地址，因此 t+i 表示第 i-1 个元素的地址，则*（t+i）表示第 i-1 个元素，所以循环语句的作用是将数组中的偶数项相加，即 1+3+5+7+9=25。

**答案**：C

【真题2】有以下程序

main（）

{　　int p[8]={11,12,13,14,15,16,17,18},i=0,j=0;

while（i++<7）　　if（p[i]%2）　　j+=p[i];

printf（"%d\n"j）；

}

程序运行后的输出结果是_____。（2005 年 4 月）

A）42　　　　　　B）45　　　　　　C）56　　　　　　D）60

**解析**：一维数组 p 的下标为 0~7；循环体的功能是将下标小于 7 且不能被 2 整除的数组元素的和累加到变量 j 中，但注意到 i 的值在循环条件判断后就执行了增 1 操作，所以是从 p[1]开始 if 判断的。因此输出的结果为 13+15+17=45。

**答案**：B

【真题3】有以下程序

```
main（）
{int   a[ ]={2,4,6,8,10},y=0,x,*p;
     p=&a[1];
     for（x=1;x<3;x++）   y+=p[x];
 printf（"%d\n",y）;
}
```

程序运行后的输出结果是_____。（2005 年 9 月）

A）10　　　　　　　　B）11　　　　　　　　C）14　　　　　　　　D）15

**解析：**指针变量 p 指向数组元素 a[1]，则 p[1]即为 a[2]，p[2]即为 a[3]，执行第一次 for 循环时，y=y+p[1]=0+a[2]=6，第二次执行 for 循环，y=y+p[2]=6+a[3]=14，此时 x 为 3，for 循环条件不满足，退出循环，输出 y 的值为 14。

**答案：** C

## 🅰 题型点睛

1. 一维数组只带一个下标，引用形式如下：

　　　　数组名[下标表达式]

其中，下标可以是整型常量、整型变量或整型表达式。

C 语言规定数组不能以整体形式参与数据处理，如不能给数组整体赋值，数组不能整体参与各种运算等。参与数据处理的只能是数组元素，即在程序中不能一次引用整个数组而只能逐个引用数组元素。

一个数组元素实质上就是一个变量名，代表内存中的一个存储单元。一个数组占有一串连续的存储单元。因此，它和普通变量一样，可以参与赋值、算术运算、输入输出等操作。

2. 通过指针来引用数组元素

（1）一维数组在主存中占连续的存储空间，数组名代表的是数组的首地址。可定义一个指针变量，通过赋值或赋初值的形式，把数组名或数组的第一个元素的地址赋值该指针变量，该指针变量就指向了该数组。

（2）在 C 语言中，有一个等式永远成立，即 a[i]无条件等价于*（a+i），此处 a 和 p 可以是指针变量名和数组名。因此，当指针变量 p 指向了数组的首元素后，数组 a[i]可表示为下列几种形式：

　　*（a+i）　*（p+i）　　a[i]　　p[i]

数组 a[i]的地址可表示为下列几种形式：

a+i　　p+i　　&a[i]　&p[i]

## 即学即练

【试题 1】以下程序运行后的输出结果是＿＿＿＿。（2003 年 9 月）

```
main（）
{int i,n[]={0,0,0,0,0};
for（i=1;i<=4;i++）
{    n[i]=n[i-1]*2+1;
     printf（"%   ",n[i]）;
}
}
```

【试题 2】有以下程序段

```
int   a[10]= {1,2,3,4,5,6,7,8,9,10},*p=&a[3],b;
b=p[5];
```

b 中的值是＿＿＿＿。

A）5　　　　　　　B）6　　　　　　　C）8　　　　　　　D）9

# TOP84：指向数组的指针变量的运算

## 真题分析

【真题 1】在 16 位编译系统上若有定义 int a[]={10,20,30},*p=&a;,当执行 p++后，下列说法错误的是＿＿＿＿。（2006 年 9 月）

A）p 向高地址移了一个字节

B）p 向高地址移了一个存储单元

C）p 向高地址移了两个字节

D）p 与 a+1 等价

**解析：** 指针的加减不是它内容的加减，而是指针向前或后移动一个存储单元。题中数组元素是 int 型的，在内存中占一个字节，因此 p++表示指针向高地址移了一个字节。

**答案：A**

【真题 2】有以下程序

main（）

{　　int a[]={1,2,3,4,5,6,7,8,9,0},*p;

　　for（p=a;p<a+10;p++）　printf（"%d,",*p）；

}

程序运行后的输出结果是＿＿＿＿。（2005 年 4 月）

A）1,2,3,4,5,6,7,8,9,0,　　　　　　　B）2,3,4,5,6,7,8,9,10,1,

C）0,1,2,3,4,5,6,7,8,9,　　　　　　　D）1,1,1,1,1,1,1,1,1,1,

**解析：** 根据题意，指针变量 p 指向了数组 a 的首地址，即 a[0]。循环体执行后依次连续输出数组 a 的 10 个元素 1,2,3,4,5,6,7,8,9,0,。

**答案：A**

## 🜂 题型点睛

算术运算

（1）算术运算

P+N（N 为整数），P-N，P++，P--，++P，--P

（2）指针变量与指针变量的减法运算

指针变量 1 和指针变量 2 的差并不是它们地址值的差，而是它们所指向的数组元素的下标之差。

## 🐛 即学即练

【试题 1】有以下程序

　　int a[10]={1,2,3,4,5,6,7,8,9,10},

　　*p=&a[3],b;

　　b=p[5];

　b 中的值是＿＿＿＿。

A）5　　　　　　B）6　　　　　　C）8　　　　　　D）9

# TOP85：数组元素作实参

## 📖 真题分析

【真题 1】有以下程序

```
void change（int k[]）{k[0]=k[5];}
main（）
{int x[10]={1,2,3,4,5,6,7,8,9,10},n=0;
while（n<=4）{change（&x[n]）;n++;}
for（n=0;n<5;n++）printf（"%d",x[n]）;
printf（"\n"）;
}
```

程序运行后的输出结果是_____。（2006 年 9 月）

A）6 7 8 9 10　　　　　　　　　　B）1 3 5 7 9

C）1 2 3 4 5　　　　　　　　　　D）6 2 3 4 5

**解析：** 函数 change 的功能是将形参数组的第一个元素与第六个元素交换位置。因此在 while（n<=4）循环五次后，数组的前五个元素与后五个元素交换位置。

**答案：** A

## 🎯 题型点睛

调用函数时，数组元素可以作为实参传送给形参，每个数组元素实际上代表内存中的一个存储单元，因此对应的形参必须是类型相同的变量。数组元素的值可以传送给该变量，在函数中只能对该变量进行操作，而不能直接引用对应的数组元素。

## ✍ 即学即练

【试题 1】有以下程序

```
void sum（int  *a）
{   a[0]= a[1];   }
main（）
```

```
{   int   aa[10]= {1,2,3,4,5,6,7,8,9,10} ,i;
for（i=2; i>=0;i–）    sum（&aa[i]）；
printf（"%d\n"，aa[0]）；
}
```
执行后的输出结果是_____。

A）4            B）3            C）2            D）1

# TOP86：数组名作为函数的参数

## 真题分析

【真题1】有以下程序

```
void f（int b[]）
{int i;
  for（i=2;i<6;i++）    b[i]*=2;
}
 main（）
{int a[10]={1,2,3,4,5,6,7,8,9,10},i;
f（a）；
for（i=0;i<10;i++）   printf（"%d,",a[i]）；
}
```

程序运行后的输出结果是_____。（2007 年 4 月）

A）1,2,3,4,5,6,7,8,9,10,            B）1,2,6,8,10,12,7,8,9,10

 C）1,2,3,4,10,12,14,16,9,10,            D）1,2,6,8,10,12,14,16,9,10,

**解析**：函数 f 的功能是将数组从第三个元素到第六个元素的每个数组元素乘以 2，可见答案为 B。

**答案**：B

【真题2】有以下程序

```
void swap1（int   c0[ ],int   c1[ ]）
```

```
{int   t;
  t=c0[0];      c0[0]=c1[0];      c1[0]=t;
}
void swap2（int   *c0,int   *c1）
{int   t;
  t=*c0;    *c0=*c1;    *c1=t;
}
main（）
{int   a[2]={3,5},b[2]={3,5};
  swap1（a,a+1）;     swap2（&b[0],&b[1]）;
  printf（"%d %d %d %d\n",a[0],a[1],b[0],b[1]）;
}
```

程序运行后的输出结果是_____。（2005 年 9 月）

A）3 5 5 3　　　　B）5 3 3 5　　　　C）3 5 3 5　　　　D）5 3 5 3

**解析:** 函数 swap1 的形参是数组名,在调用时应将数组名,即数组的首地址,作为实参传递给形参,形参所指向内容的改变可以带回到实参,因此调用函数 swap 1 是将元素 a[0]和 a[1]互换。函数 swap2 的形参是指针变量,在调用时将 b[0]、b[1]的值传递给它,形参内容改变也可以带回到实参,b[0]和 b[1]的内容也进行了交换。所以输出为 5 3 5 3。

**答案:** D

【真题 3】有以下程序

```
prt（int *m,int n）
{     int i;
for（i=0;i<n;i++）    m[i]++;
}
main（）
{     int a[]={1,2,3,4,5},i;
prt（a,5）;
for（i=0;i<5;i++）       printf（"%d,",a[i]）;
```

　　}

　　程序运行后的输出结果是_____。（2005 年 4 月）

　　A）1,2,3,4,5,　　　　B）2,3,4,5,6,　　　　C）3,4,5,6,7,　　　　D）2,3,4,5,1,

　　**解析**：调用 prt（a,5）时，数组 a 的首地址传给了形参指针变量 m，n 的值为 5，执行 prt 函数后，数组每个元素的值都增加了 1，该结果可以回传到主函数，printf 输出新的数组元素为 2,3,4,5,6。

　　**答案**：B

　　**【真题 4】**有以下程序

```
#define N 20
fun（int a[],int n,int m)
{    int i,j;
     for（i=m;i>=n;i--）  a[i+1]=a[i];
}
main（）
{    int i,a[N]={1,2,3,4,5,6,7,8,9,10};
     fun（a,2,9）;
     for（i=0;i<5;i++）printf（"%d",a[i]）;
}
```

　　程序运行后的输出结果是_____。（2005 年 4 月）

　　A）10234　　　　B）12344　　　　C）12334　　　　D）12234

　　**解析**：调用 fun（a,2,9）时，数组 a 的值传递给形参 a[]，2 传递给 n，9 传递给 m，即 fun 函数中循环条件为 for（i=9;i>=2;i--），即从 a[10] 开始，将 a[9] 的值赋给 a[10]，a[8] 的值赋给 a[9]，…直到 a[3] 的值赋值 a[2] 为止，则新的数组元素分别为：1,2,3,3,4,5,6,7,8,9。返回主函数后，由于数组名 a 代表的是数组的首地址，相当于一个指针变量，所以形参的改变能够回传给实参，从而输出新数组的前五个元素：12334。

　　**答案**：C

## ✅ 题型点睛

　　数组名作为函数的参数，在函数间传递的并不是整个数组，而是数组的首地址，换句话说，就是形参数组与实参数组指的是同一个数组。因此，在被调函数中改变了形参数组的某元素值，其对应的实参数组元素值也跟着发生改变。当数组名作为形参时，其对应的实参可以是指针变量、数组名、地址表达式。

## ❧ 即学即练

【试题1】有以下程序

```
void  fun (int  *a, int  i, int  j )
{int  t;
 if  (i<j)
    {t=a[i]； a[i]=a[j]；  a[j]=t;
     i++；  j--；
     fun （a, i, j ） ;
     }
}
main （ ）
{int   x[ ]={2,6,1,8},i；
 fun （x,0,3）；
 for （i=0; i<4; i++ ）  printf （"%2d", x[i] ） ;
}
```

程序运行后的输出结果是_____。

A) 1 2 6 8        B) 8 6 2 1        C) 8 1 6 2        D) 8 6 1 2

【试题2】有以下程序

```
void   swap1 （int  c[ ]）
  { int   t;
      t=c[0]; c[0]=c[1]; c[1]=t;
  }
void  swap2 （int   c0, int  cl）
  { int   t;
      t=c0;    c0=cl;  cl=t;
  }
main （）
```

```
{   int  a[2]= {3,5} ,b[2]= {3,5} ;
    swapl（a）; swap2（b[0]，b[1]）;
    printf（"%d,%d ,%d, %d\n"，a[0]，a[1]，b[0]，b[1]）;
}
```

其输出结果是_____。

A）5,3,5,3　　　　B）5,3,3,5　　　　C）3,5,3,5　　　　D）3,5,5,3

# TOP87：二维数组的定义和初始化

## 真题分析

【真题 1】设有定义语句：int a[][3]={{0},{1},{2}};,则数组元素 a[1][2]的值为_____。（2007 年 4 月）

解析：这是一个三行三列的二维数组，省略了行数，每行只给出了每一个元素值，其他的默认为 0，因此这个数值的全部元素为 a[][3]={{0,0,0},{1,0,0},{2,0,0}}。

答案：0

【真题2】有以下程序

```
main（）
{int x[3][2]={0},i;
for（i=0;i<3;i++）scanf（"%d",x[i]）;
printf（"%3d%3d%3d",x[0][0],x[0][1],x[1][0]）;
}
```

若运行时输入:2 4 6<回车>,则输出结果为_____。

A）2 0 0　　　　B）2 0 4　　　　C）2 4 0　　　　D）2 4 6

解析：这是一个三行二列数组，输入数据时只给每行第一个元素赋值，其他元素默认为 0，因此数组元素为 x[3][2]={{2,0,0},{4,0,0},{6,0,0}},输出的元素为 2 0 4。

答案：B

【真题3】以下数组定义中错误的是_____。（2006 年 4 月）

A）int x [] [3] ={0};

B）int x［2］［3］＝{{l，2}，{3，4}，{5，6}}；

C）int x［］［3］＝{{l，2，3}，{4，5，6}}；

D）int x［2］［3］＝{l，2，3，4，5，6}；

**解析**：B 选项中，定义的是二行三列二维数组，而初始化的值却是三列二行，与定义的二维数组不符，错误；A、C、D 都是正确的定义，没有给出的值默认为 0。

**答案**：B

## 题型点睛

1．二维数组的定义

**类型名　数组名[常量表达式1][常量表达式2]；**

（1）二维数组可以看成一个矩阵，"常量表达式 1"是矩阵的行数，"常量表达式 2"看成是矩阵的列数，且两个表达式各居一个方括号内。

（2）类型名、数组名及常量表达式的要求与一维数组相同。

（3）我们可以把二维数组看作是一种特殊的一维数组：即它的元素又是一个一维数组。

（4）二维数组的元素在内存中的存放顺序：按行存放，即先顺序存放第一行的元素，再存放第二行的元素（最右边的下标变化最快，第一维的下标变化最慢）。二维数组所占用的存储字节数为：字节数＝行×列×类型长度。

2．二维数组初始化

（1）按行分段赋值。例如：

int a[3][2]＝{{1,3},{5,7},{9,11}}；

把内层的第一个大括号内的数据赋给第 1 行的元素，第二个大括号内的数据赋给第 2 行的元素……。

（2）按行连续赋值。例如：

int a[3][2]＝{1,3,5,7,9,11}；

即把所有初值写在一个大括号内，按数组元素排列的顺序对各元素赋初值。该方法与前一种方法等效。

（3）可以对数组的部分元素赋初值。如：

int a[3][4]＝{{2},{4},{6}}；

它的作用是只对各行第 1 列的元素赋初值，其余元素值自动为 0。若需要对某些元素赋 0 值，则可以在其对应初值数据位置上缺省该数据。

（4）如果对全部元素都赋初值，则在定义中可省略第一维的长度，但第二维长度不可省略。

## 即学即练

【试题1】以下能正确定义二维数组的是_____。

A）int　a[ ][3]；

B）int　a[ ][3]={2*3}；

C）int　a[ ][3]={ }；

D）int　a[3][2]={ {1},{2},{3,4} }；

【试题2】以下能正确定义数组并正确赋初值的语句是_____。

A）int　N=5,b[N][N]；

B）int　a[1][2]={{1},{3}}；

C）int　c[2][]={{1,2},{3,4}}；

D）int　d[3][2]={{1,2},{34}}；

# TOP88：二维数组元素的一般引用

## 真题分析

【真题1】有以下程序

```
fun（char p [ ] [10]）
{int n=0，i;
for（i=0；i<7；i++）
if（p [i] [0] =′ T′）n++;
return n;
}
main（）
{char str [ ] [10] ={"Mon"，"Tue"，"Wed"，"Thu"，"Fri","Sat"，"Sun"};
 printf（"%d\n",fun（str））;
}
```

程序执行后的输出结果是_____。（2006 年4 月）

A）1　　　　　　　B）2　　　　　　C）3　　　　　　　D）0

**解析：** 函数 fun 的功能是查找二维数组中首字母为 T 的元素的项数。由题可知，第二个元素"Tue"的首字母为 T，因此输出2。

答案：B

【真题 2】以下程序的输出结果是_____。（2006 年 4 月）

```
main（）
{int a [3] [3] ={{1, 2, 9}, {3, 4, 8}, {5, 6, 7}}, i, s=0;
for（i=0；i<3；i++）    s+=a [i] [i] +a [i] [3-i-1];
printf（"%d\n", s）；
}
```

解析：由题意可知

s=a[0][0]+a[0][2]+a[1][1]+a[1][1]+a[2][2]+a[2][0]=1+9+4+4+7+5=30。

答案：30

【真题 3】有以下程序

```
main（）
{    int num[4][4]={{1,2,3,4},{5,6,7,8},{9,10,11,12},{13,14,15,16}},i,j;
for（i=0;i<4;i++）
{    for（j=0;j<=i;j++）      printf（"%4c","）；
for（j=____;j<4;j++）   printf（"%4d",num[i][j]）；
printf（"\n"）；
}
}
```

若要按以下形式输出数组右上半三角

```
1    2    3    4
6    7    8
11    12
16
```

则在程序下划线处应填入的是_____。（2005 年 4 月）

A）i-1            B）i            C）i+1            ）4-i

解析：要输出二维数组的上半三角，就需要把每行输出的起始元素的位置与行号相关。当行号 i 为 0 时，也就是第 1 行，从列下标为 0 的元素开始输出；当行号 i 为 1 时，也就是第 2 行，从列下标为 1 的元素开始输出；当行号 i 为 2 时，也就是第 3 行，从列下标为 2 的元素开始输出；依此类推。我们可以看到 j 的循环初值是从 i 开始。

正确选项是 B。

**答案：B**

## 题型点睛

二维数组的一般引用形式如下：

数组名[下标 1][下标 2]

其中，下标可以是整型常量或整型表达式。

（1）数组元素可以出现在表达式中，也可以被赋值。

（2）区分定义 int c[4][5]中的 c[4][5]和引用中的 c[4][5]之间的区别。前者 c[4][5]用来定义数组的维数和各维的大小；后者 c[4][5]中的 4 和 5 是下标值，c[4][5]仅代表 c 数组中的一个元素。

## 即学即练

【试题 1】以下程序运行后的输出结果是_____。

```
main（）
{   int  i,j,a[][3]={1,2,3,4,5,6,7,8,9};
    for（i=0;i<3;i++）
    for（j=i+1;j<3;j++）    a[j][i]=0;
    for（i=0;i<3;i++）
    {  for（j=0;j<3;j++）    printf（"%d  ",a[i][j]）;
        printf（"\n"）;
    }
}
```

# TOP89：通过地址引用二维数组元素

## 真题分析

【真题 1】若有定义语句：int k[2][3],*pk[3];，则以下语句中正确的是_____。

（2006 年 9 月）

A）pk=k;　　　　　　　　　　　　B）pk[0]=&k[1][2];

C）pk=k[0];　　　　　　　　　　　D）pk[1]=k;

**解析：** 让指针指向二维数组的首地址，有几种形式：“指针变量=&二维数组名 [0][0]；” 或 “指针变量=*二维数组名;”。 pk[0]是一维指针数组的第一个元素，是一个指针，因此 B 正确。

**答案：** B

【真题 2】有以下程序

main（）

```
{    int a[3][3],*p,i;
     p=&a[0][0];
     for（i=0;i<9;i++）  p[i]=i;
     for（i=0;i<3;i++）   printf（"%d",a[1][i]）;
}
```

程序运行后的输出结果是_____。（2005 年 4 月）

A）0　1　2　　　　　　　　　　　B）1　2　3

C）2　3　4　　　　　　　　　　　D）3　4　5

**解析：** 指针变量 p 指向了二维数组的首个元素，循环语句 for（i=0;i<9;i++） p[i]=i; 是给整个数组赋值为 0,1,2,3,4,5,6,7,8，语句 for（i=0;i<3;i++） printf（"%d",a[1][i]）; 输出第二行的三个元素为 3，4，5。

**答案：** D

## 题型点睛

让指针变量指向二维数组首地址，可采用赋初值和赋值两种方式使指针变量指向二维数组的首元素。

数据类型符　*指针变量=&二维数组名[0][0];　　或

数据类型符　*指针变量=*二维数组名;

指针变量=&二维数组名[0][0];　　或

指针变量=*二维数组名;

## 即学即练

【试题1】有以下程序：

```
main（）
{   int a[3][3],*p,i;
    p=&a[0][0];
      for（i=0;i<9;i++）  p[i]=i+1;
    printf（"%d\n",a[1][2]）;
}
```

程序运行后的输出结果是_____。

A）3                  B）6                  C）9                  D）2

# TOP90：通过建立行指针引用二维数组元素

## 真题分析

【真题 1】若有定义:int  w[3][5];,则以下不能正确表示该数组元素的表达式是_____。

A） *（*w+3）                    B） *（w+1）[4]

C） *（*（w+1））                D） *（&w[0][0]+1）

解析：数组元素 a[i][j]可表示为：a[i][j], *（a[i]+j）, *（*（a+i）+j），由此可知A、B、D正确。

答案：C

【真题2】若有以下说明和语句

```
int   c[4][5],（*p）[5];
p=c;
```

则能够正确引用c数组元素的是_____。（2004 年 9 月）

A）p+1                          B）*（p+1）

C）*（p+1）+3                  D）*（p[0]+2）

**解析:** p 是一个指针数组,首元素 p[0] 是一个指针变量,指向了二维数组 c 的首个元素,选项 B 和 C 表示的都是 c 数组元素的地址,只有选项 D 表示的是 c 数组元素的值。

**答案:** D

## 题型点睛

可以先定义一个指向一维数组的指针变量,它指向的一维数组的元素个数与二维数组的列数一致,然后可以通过赋初值或赋值的方式来使指针变量指向二维数组的首行,形式如下:

赋初值:数据类型符　(*指针变量)[m]=二维数组名

赋值:　　指针变量=二维数组名

当指针变量 p 指向二维数组 a 的首行后,数组元素 a[i][j] 的地址可表示为:

&a[i][j]　　a[i]+j　　*(a+i)+j　　*(p+i)+j　　p[i]+j

数组元素 a[i][j] 可表示为:

a[i][j]　*(a[i]+j)　*(*(a+i)+j)　*(*(p+i)+j)　*(p[i]+j)

## 即学即练

**【试题1】** 设有以下定义和语句

int　a[3][2]={1,2,3,4,5},*p[3];

p[0]=a[1];

则*(p[0]+1)所代表的数组元素是_____。

A)a[0][1]　　　　B)a[1][0]　　　　C)a[1][1]　　　　D)a[1][2]

# TOP91:通过建立指针数组引用二维数组元素

## 真题分析

**【真题1】** 若有语句:char　*line[5];,则以下叙述中正确的是_____。(2005年9月)

A)定义 line 是一个数组,每个数组元素是一个基类型为 char 的指针变量

B)定义 line 是一个指针变量,该变量可以指向一个长度为 5 的字符型数组

C）定义 line 是一个指针数组，语句中的*号称为取址运算符

D）定义 line 是一个指向字符型函数的指针

**解析：** 本题考查指针数组的定义，说明符*line[5]中，遵照运算符的优先级，[ ]的优先级高于*号，因此 line 先与[ ]结合，构成一个数组，在它前面的*号则说明了数组 line 是指针类型，它的每个元素都是基类型为 char 的指针。所以选项 A 叙述正确。

**答案：** A

**【真题2】** 有以下程序

```
main（）
{    int a[3][2]={0},（*ptr）[2],i,j;
     for（i=0;i<2;i++）
     {    ptr=a+i;    scanf（"%d",ptr）;ptr++; }
     for（i=0;i<3;i++）
     {    for（j=0;j<2;j++）printf（"%2d",a[i][j]）;
     printf（"\n"）;
     }
}
```

若运行时输入:1 2 3<回车>,则输出结果是_____。（2005 年 4 月）

A）产生错误信息　　　　　　　　B）1 0

　　　　　　　　　　　　　　　　　　2 0

　　　　　　　　　　　　　　　　　　0 0

C）1 2　　　　　　　　　　　　　D）1 0

　　3 0　　　　　　　　　　　　　　2 0

　　0 0　　　　　　　　　　　　　　3 0

**解析：** 二维数组 a 的所有元素初始化为 0，ptr 是一个指针数组，第一个循环语句是将 a 的第一行和第二行的首地址赋给指针数组，因此分别将 1 和 2 赋给 a[0][0]a[1][0]；第二个循环语句是输出二维数组 a 的所有元素。

**答案：** B

## 🏵 题型点睛

指针数组也是一种数组，它的数组元素是指针类型的，只能用来存放地址值。其

*定义形式如下：*

*存储类型 数据类型 *指针数组名[长度]={初值列表}；*

（1）初值必须是地址值，通常的形式可能有"&变量名"、"&数组元素"、"数组名"，对应的变量和数组必须在前面已经定义。

（2）注意指针数组定义与指向数组的指针变量定义的区别，不能写成（*数组名）[长度]，否则"数组名"就成了一个指向数组的指针变量。

## 🐟 即学即练

【试题1】若有以下说明和语句

int c[4][5],(*p)[5]；

p=c；

能够正确引用c数组元素的是_____。

A）p+1                           B）*（p+1）

C）*（p+1）+3                   D）*（p[0]+2）

# TOP92：二维数组名作实参时函数的调用

## ☞ 真题分析

【真题1】以下程序中，函数 SumColumMin 的功能是：求出 M 行 N 列二维数组每列元素中的最小值，并计算它们的和值。和值通过形参传回主函数输出。请填空。（2004 年 9 月）

```
#define    M    2
#define    N    4
void   SumColumMin （ int  a[M][N], int  *sum ）
{     int  i,j,k,s=0;
for  (i=0;i<N;i++ )
{     k=0;
for  (j=1;j<M;j++ )
if （a[k][i]>a[j][i]）  k=j;
```

```
        s+=        【1】        ;
    }
            【2】        = s ;
    }
main（ ）
{      int    x[M][N]={3,2,5,1,4,1,8,3}, s ;
SumColumMin（     【3】     ）;
            printf（"%d\n", s ）;
    }
```

**解析：** 变量 k 存放的是每列元素中的最小值的行号，为了求每列元素的最小值的和，第一个空白处应为 a[k][i]。和值要通过形参传递给主函数，所以第二个空白处应把 s 赋给指针 sum 所指的值。根据函数的形参，在第三个空白处可以写出主函数中函数的实参是 x,&s。

**答案：【1】** a[k][i]　　　**【2】** *sum　　　**【3】** x , &s

**【真题 2】** 有以下程序

```
int f（int    b[][4]）
{    int    i,j,s=0;
for（j=0;j<4;j++）
{    i=j;
if（i>2）i=3-j;
S+=b[i][j];
}
return s;
}
main（ ）
{    int    a[4][4]={ {1,2,3,4 }, {0,2,4,6 }, {3,6,9,12 }, {3,2,1,0} };
printf（"%d\n", f（a ））;
}
```

执行后的输出结果是_____。（2004 年 4 月）

A）12　　　　　　B）11　　　　　　C）18　　　　　　D）16

**解析**：本题考查二维数组名作为函数实参。main 函数在调用函数 f 时，把二维数组的数组名 a 作为数组的首地址传递给函数 f。函数 f 将形参二维数组 b 中相应数组元素 b[0][0]、b[1][1]、b[2][2]、b[0][3]累加至变量 s 中，并作为函数值返回。

**答案**：D。

### 🌀 题型点睛

*当二维数组名作为实参时，对应的形参必须是一个指针变量。*

*无论哪种方式，系统都将把数组名处理成一个行指针。数组名传递给函数的是一个地址值，因此，对应的形参也必定是一个类型相同的指针变量，在函数中引用的将是主函数中的数组元素，系统只为形参开辟一个存放地址的存储单元，而不可能在调用函数时为形参开辟一系列存放数组的存储单元。*

### 🐛 即学即练

【试题1】函数 YangHui 的功能是把杨辉三角形的数据赋给二维数组的下半三角，形式如下：

```
1
1   1
1   2   1
1   3   3   1
1   4   6   4   1
```

其构成规律是：第 0 列元素和主对角线元素均为 1，其余元素为其左上方和正上方元素之和，数据的个数每行递增 1，请将程序补充完整。

```
#defint N    6
void    YangHui（int   *[N][N]）
{int     i,j;
    x[0][0]=1
    for （i=1;i<N;i++）
    {x[i][0]=____【1】____=1;
    for （j=1;j<i;j++）
```

```
x[i][j]=___【2】___;
    }
}
```

# TOP93：指针数组作实参时函数的调用

## ☞ 真题分析

【真题1】以下程序中，fun 函数的功能是求 3 行 4 列二维数组每行元素中的最大值，请填空。（2005 年 4 月）

```
void fun（int,int,int（*）[4],int *）;
main（）
{    int a[3][4]={{12,41,36,28},{19,33,15,27},{3,27,19,1}},b[3],i;
fun（3,4,a,b）;
for（i=0;i<3;i++）printf（"%4d",b[i]）;
printf（"\n"）;
}
void fun（int m,int n,int ar[][4],int *br）
{    int i,j,x;
for（i=0;i<m;i++）
{    x=ar[i][0];
for（j=0;j<n;j++）  if（x<ar[i][j]）x=ar[i][j];
_____=x;
    }
}
```

解析：根据题目要求可知，主函数中数组 b 存放的就是 3 行 4 列二维数组每行元素的最大值，则对应的 fun 函数中 br 也是一个数组，中间变量 x 的初值是数组的首个元素，然后在每行内依次比较，x 中为最大的元素，再赋给 br 数组中的元素，br[1]存放的是第一行中最大的元素，依此类推，br[2]中存放的是第三行中最大的元素，因此空白处应填 br[i]。

　　答案：br[i]

## 题型点睛

　　当指针数组作为实参时，对应的形参应当是一个指向指针的指针。

## 即学即练

　　【试题 1】fun 函数的功能是：首先对 a 所指的 N 行 N 列的矩阵找出各行中最大的数，再求这 N 个最大值中的最小的那个数作为函数值返回。请填空。

```
#define N 100
int fun（int　（*a）[M]）
{
    int row, col, max, min;
    for（row=0;row<N;row++）
    {
        for（max=a[row][0], col=1; col<N; col++）
        if（　【1】　）　max=a[row][col];
        if（row==0）　min=max;
        else if（　【2】　）　min=max;
    }
    return min;
}
```

# 本章即学即练答案

| 序号 | 答案 | 序号 | 答案 |
|---|---|---|---|
| TOP82 | 【试题 1】答案：B | TOP83 | 【试题 1】答案：1 3 7 15<br>【试题 2】答案：D |
| TOP84 | 【试题 1】答案：D · | TOP85 | 【试题 1】答案：A |

| TOP86 | 【试题1】答案: C<br>【试题2】答案: B | TOP87 | 【试题1】答案: D<br>【试题2】答案: D |
|---|---|---|---|
| TOP88 | 【试题1】答案: 1 2 3<br>0 5 6<br>0 0 9 | TOP89 | 【试题1】答案: B |
| TOP90 | 【试题1】答案: C | TOP91 | 【试题1】答案: D |
| TOP92 | 【试题1】答案:<br>【1】x[i][i]<br>【2】x[i-1][j-1]+x[i-1][j] | TOP93 | 【试题1】答案:<br>【1】max<a[row][col] 【2】max<min |

# 第14章 字符串

## TOP94：字符串常量

### 真题分析

【真题1】以下能正确定义字符串的语句是_____。（2006年4月）

A）char str [ ] ={ ′ \064′ }；

B）char str="kx43"；

C）char str="；

D）char str [ ] ="\0"；

**解析：** 对于A：′\064′是转义字符，表示一个字符，因此A选项是字符数组，不是字符串；对于B：str是一个char型变量，不能将字符串赋给它，除非它是个数组；对于C："'"不是字符串，字符串是由双引号""""引起来的几个字符；D是将一个字符串，赋给数组str[]，正确。

**答案：** D

【真题2】有以下程序

```
main（）
{  char   a[]="abcdefg"，b[l0]="abcdefg"；
printf（"%d   %d\n"，sizeof（a），sizeof（b））；
}
```

执行后输出结果是_____。（2004年4月）

A）7 7          B）8 8          C）8 10          D）10 10

**解析：** 在数组的定义中如果将数组每个元素的初值都给出，则可以不指定数组长度；另外，C语言采用"abcdefg"这样形式表示的字符串，系统自动在字符串后加一个结束标记'\0'，故字符数组 a 的长度为8。字符数组的长度是数组实际存储空间的长度，字符数组 b 的长度为10。

**答案：C**

## 题型点睛

1. C语言中对字符串的约定

在C语言中，字符串是借助于字符型一维数组来存放的，并规定：以字符'\0'作为字符串结束标志。'\0'作为标志占用存储空间，但不计入串的实际长度。

2. C语言中表示字符串常量的约定

虽然C语言中没有字符串数据类型，但却允许使用"字符串常量"。在表示字符串常量时，不需要人为在其末尾加入'\0'。C编译程序将自动完成这一工作。

3. C语言中字符串常量给出的是地址值

每一个字符串常量都分别占用内存中一串连续的存储空间，这些连续的存储空间实际上就是字符型一维数组。这些数组虽然没有名字，但C编译系统却以字符串常量的形式给出存放每一字符串的存储空间的首地址。不同的字符串具有不同的起始地址。也就是说：在C语言中，字符串常量被隐含处理成一个以'\0'结尾的无名字符型一维数组。

## 即学即练

【试题1】以下程序段中，不能正确赋字符串（编译时系统会提示错误）的是_____。

A）char  s[l0]= "abcdefg";

B）char  t[]="abcdefg",*s=t;

C）char  s[l0];s="abcdefg";

D）char  s[l0]; strcpy（s, "abcdefg"）;

# TOP95：字符数组的定义

## 真题分析

【真题1】现有两个C程序文件T18.c和myfun.c同在TC系统目录（文件夹）下，其中T18.c文件如下：

```
#include <stdio.h>
#include "myfun.c"
main（）
```

{ fun (); printf ("\n"); }

myfun.c 文件如下:

void fun ()

{ char s [80], c; int n=0;

while ((c=getchar ()) !=' \n' ) s [n++] =c;

n--;

while (n>=0) printf ("%c", s [n--]);

}

当编译连接通过后,运行程序 T18 时,输入 Thank!则输出结果是:_____。(2006
年 4 月)

**解析:** fun 函数的功能是先将输入的字符串存入字符数组,然后按倒序输出字符
串。

**答案:** !knahT

【真题 2】当运行以下程序时,输入 abcd,程序的输出结果是:_____。(2006
年 4 月)

insert (char str [])

{int i;

i=strlen (str);

while (i>0)

{ str [2*i] =str [i]; str [2*i-1] =' *' ; i--; }

printf ("%s\n",str);

}

main ()

{ char str [40];

scanf ("%s", str); insert (str);

}

**解析:** 函数 insert 的功能是将*号插入字符串中,用了一个字符数组来作为形参。
这里将*号作为字符串的奇数项插入。

**答案:** a*b*c*d*

## 题型点睛

（1）一般定义形式为：

　　　char　　数组名[常量表达式]；

（2）字符数组的初始化

在用给一般数组赋初值的相同方式给一维字符数组赋初值时，只要所赋初值的字符个数少于数组元素个数，系统自动将其余的元素赋空字符（即'\0'）。因此，在定义字符数组时，数组的大小就应该比它将要实际存放的最长字符串多一个元素以便存放 '\0'。

## 即学即练

【试题1】以下程序

main（）

{char　p[ ]={'a', 'b', 'c'},q[ ]="abc";

printf（"%d　%d\n", sizeof（p）,sizeof（q））;

};

程序运行后的输出结果_____。

A）4　4　　　　　B）3　3　　　　　C）3　4　　　　　D）4　3

# TOP96：通过赋初值给字符数组赋字符串

## 真题分析

【真题1】有以下程序

main（）

{char s[]="abcde";

s+=2;

printf（"%d\n",s[0]）;

}

执行后的结果是_____。（2006 年 9 月）

A）输出字符 a 的 ASCII 码   B）输出字符 c 的 ASCII 码

C）输出字符 c      D）程序出错

**解析**：字符串常量"abcde"给出的是一个地址，赋给字符数组，s 是数组名，存放的是数组首地址，不能参与算术运算。

**答案**：D

【真题 2】以下语句或语句组中,能正确进行字符串赋值的是_____。（2005 年 4 月）

A）char *sp;*sp="right!";

B）char s[10];s="right!";

C）char s[10];*s="right!";

D）char *sp="right!";

**解析**：C 的数组名是一个特殊类型的指针，固定指向数组第一个元素的位置，运行过程中不能再改变其指向。因此选项 B、C 都是错误的。指针可以指向任何单元，但选项 A 是错误的，因为赋值语句*sp="right!"是错误的，正确写法是 sp="right!"。而对于选项 D，由于 char *sp="right!";是定义指针同时赋初值，因此是正确的。

**答案**：D

## 🦉 题型点睛

若在赋初值时直接赋字符串常量, 则系统已自动在最后加入了'\0', 若有如下定义: char str[]= "string";则数组 str 将包含 7 个元素。

且数组名是数组的首地址，不能对其进行赋值和算术运算操作。

## 🐭 即学即练

【试题 1】以下程序段中, 不能正确赋字符串（编译时系统会提示错误）的是_____。

A）char s[l0]= "abcdefg";

B）char t[]="abcdefg",*s=t;

C）char s[l0];s="abcdefg";

D）char s[l0];strcpy（s, "abcdefg"）;

# TOP97：字符串数组

## 真题分析

【真题1】以下语句中存在的语法错误是_____。（2006 年 9 月）

A）char ss[6][20]; ss[1]="right?";

B）char ss[][20]={"right?"};

C）char *ss[6]; ss[1]="right?";

D）char *ss[]={"right?"};

**解析**：字符串数组是一个二维字符数组，对于 A：ss[1]是第二行元素的首地址，不能对其进行赋值，错误；对于 B：因为就给出了一个字符串，所以行默认值为 1，并且将"right?"赋给这个一行 20 列的二维数组；对于 C：先定义了一个字符串指针，"right?"表示字符串的首地址，将它赋给指针数组的第二个元素，是正确的；对于 D：定义指针数组时同时赋初值，正确。

**答案**：A

【真题2】有以下程序

```
main（）
{char *p［］={"3697"，"2584"};
int i，j；long num=0；
for（i=0；i<2；i++）
{j=0；
while（p［i］［j］!='\0'）
{if（（p［i］［j］-'0'）%2）num=10*num+p［i］［j］-'0'；
j+=2；
}
}
printf（"%d\n",num）；
}
```

程序执行后的输出结果是＿＿＿＿＿。（2006 年 4 月）

A）35　　　　　　　B）37　　　　　　　C）39　　　　　　　D）3975

**解析：** 指针数组的每一个元素指向一个字符串，在循环语句中，让每个字符串的奇数项对 2 求余，如果是这一项是奇数，则加入 num，下一个数进来时前一个数左移。

**答案：** C

【真题 3】

```
#include   <string.h>
void f（char  *p[],int  n）
{char  *t;     int  i,j;
   for（i=0;i<n-1;i++）
    for（j=i+1;j<n;j++）
     if（strcmp（p[i],p[j]）>0）{t=p[i];  p[i]=p[j];  p[j]=t;  }
}
main（）
{char   *p[5]={"abc","aabdfg","abbd","dcdbe","cd"};
  f（p,5）;
  printf（"%d\n",strlen（p[1]））;
}
```

程序运行后的输出结果是＿＿＿＿＿。（2005 年 9 月）

A）2　　　　　　　B）3　　　　　　　C）6　　　　　　　D）4

**解析：** 函数 f 的功能是将字符串数组中的每个字符串元素按照由小到大的顺序进行排列，调用 f（p,5）后，字符串数组 p 变为{"aabdfg","abbd","abc","cd","dcdbe"}，所以最后输出 p[1]即"abbd"的长度应为 4。

**答案：** D

## 🕮 题型点睛

字符串数组就是数组中的每个元素又都是一个存放字符串的数组，即相当于一个二维的字符数组。

1. 可以将一个二维字符数组视为一个字符串数组。

2. 字符串数组也可以在定义的同时赋初值。

3. 可以定义字符型指针数组并通过赋初值来构成一个类似的字符串数组。

## 🐟 即学即练

【试题1】有以下程序

```
main（）
{    char   str[ ][10]={ "China","Beijing"},*p=str；
     printf（"%s\n", p+10 ）；
}
```

程序运行后的输出结果是_____。

A）China　　　　　B）Beijing　　　　C）ng　　　　　D）ing

# TOP98：指针指向字符串的两种方式

## 🖅 真题分析

【真题1】有以下程序

```
main（）
{char    ch[]="uvwxyz",*pc；
 pc=ch；   printf（"%c\n",*（pc+5））；
}
```

程序运行后的输出结果是_____。（2007 年 4 月）

A）z　　　　　　　　　　　　　B）0

C）元素 ch[5]地址　　　　　　　D）字符 y 的地址

**解析**：这里把字符串的首地址赋给指针 pc，因此*（pc+5）表示字符串中第六个元素，即 z。

**答案**：A

【真题2】有以下程序

main（）

```
{char s[]={"aeiou"},*ps;
ps=s;printf（"%c\n",*ps+4）;
}
```

程序运行后的输出结果是_____。（2006 年 9 月）

A）a　　　　　　B）e　　　　　　C）u　　　　　　D）元素 s[4]的地址

**解析**：指针 ps 指向字符串的首地址，所以*ps 表示字符串的第一个元素'a'，*ps+4='a'+4=e。

**答案**：B

【真题 3】下列程序中的函数 strcpy2（）实现字符串两次复制,即将 t 所指字符串复制两次到 s 所指内存空间中,合并形成一个新字符串。例如 t 所指字符串为 efgh,调用 strcpy2 后,s 所指字符串为 efghefgh。请填空。

```
#include <stdio.h>
#include <string.h>
void strcpy2（char *s,char *t）
{char *p=t;
while（*s++=*t++）;
s=____【1】____;
while（____【2】____=*p++）;
}
main（）
{char str1[100]="abcd",str2[]="efgh";
strcpy2（str1,str2）;printf（"%s\n",str1）;
}
```

**解析**：while（*s++=*t++）是完成第一次拷贝,包括最后一个字符'0',因此要让下一次拷贝后不出现字符'0',须将指针 s 向前移一位,所以第一个空应该填 s-1,然后进行第二次拷贝,这时指针已经指向倒数第二个字符,所以可以直接拷贝,*s++=*t++。

**答案**：【1】s-1　　　【2】*s++

## 题型点睛

1. 通过赋初值的方式

可以在定义字符指针变量的同时，将存放字符串的存储单元起始地址赋给指针变量。例如：

　　　　char　*p="form one";

这里，将把存放字符串常量的无名存储区的首地址，赋给指针变量 p，使 p 指向了字符串的第一个字符 f，注意：不要误以为是将字符串赋给了 p。

2. 通过赋值运算

如果已经定义了一个字符型指针变量，可以通过赋值运算将某个字符串的起始地址赋给它，从而使其指向一个具体的字符串。例如：

　　　　char　*p;
　　　　p="form one";

这里也是将存放字符串常量的首地址赋给了 p。

## 即学即练

【试题1】以下程序的运行结果是：＿＿＿＿＿。

```
#include  <string.h>
char *ss（char *s）  {
return  s+ strlen（s）/2; }
main（）
{  char  *p, *str="abcdefgh";
p=ss（str）;  printf（"%s\n", p）;
}
```

# TOP99：用字符数组作为字符串和用指针指向字符串的区别

## 真题分析

【真题1】设有以下定义和语句

char str［20］="Program", *p;

p=str；

则以下叙述中正确的是_____。(2006 年 4 月)

A) *p 与 str [0] 的值相等

B) str 与 p 的类型完全相同

C) str 数组长度和 p 所指向的字符串长度相等

D) 数组 str 中存放的内容和指针变量 p 中存放的内容相同

**解析：** 指针指向字符串的首地址，因此 *p 就是字符串的第一个元素，和 str [0] 的值相等，A 正确；对于 B：str 是数组名，虽然也是数组的首地址，但是它是不可改变的，p 是指针，可以指向别的字符串，可以对其进行赋值操作，但是 str 不可以，B 错误；对于 C：str 数组长度是固定的，为 20，而 p 所指向的字符串长度是 8，C 错误；对于 D：数组 str 中存放的内容为：前七个元素是 Program，后面全是 \0，总共 20 个元素，而指针变量 p 中存放的内容为 "Program\0"，总共 8 个元素，D 错误。

**答案：** A

【真题 2】有以下程序

main ()

{ 　　 char s[ ]="159",*p;

　　 p=s；

　　 printf ("%c",*p++) ;printf ("%c",*p++) ;

}

程序运行后的输出结果是_____。(2005 年 4 月)

A) 15　　　　　　B) 16　　　　　　C) 12　　　　　　D) 59

**解析：** 数组 s 中存放字符串"159"，p 指向 s 的首地址。因此语句 printf("%c",*p++); 输出的是字符 1，输出后 p 加 1 指向下一个字符 5，下一个 printf ("%c",*p++);输出的是字符 5。因此输出结果应该是 15。

**答案：** A

## 🕮 题型点睛

用字符数组作为字符串和用指针变量指向字符串是有区别的。如以下定义：

　　　 char 　 array [ ]= "hello";

　　　 char 　 * array ="hello";

虽然字符串内容相同，但它们占用不同的存储空间。array 是一个字符数组，通过赋初值，系统给它开辟了以上字符序列再加上 '\0' 的存储空间，在这个数组之内，字符串的内容可以改变，但 array 总是引用固定的存储空间，而 *array 是一个指针变量，通过赋初值，使其指向一个字符串常量，即指向一个无名的字符数组，而且指针变量中的地址可以改变而指向另外的字符串，另外的字符串长度不受限制，一旦指向另外的字符串，则此字符串将丢失，其所占用的存储空间就无法再引用。

## 即学即练

【试题1】有以下程序

```
main（）
{   char    str[]="xyz",*ps=str;
    while（*ps） ps++;
    for（ps--;ps-str>=0;ps--）    puts（ps）;
}
```

执行后的输出结果是_____。

A）yz   B）z   C）z   D）x

 xyz    yz    yz    xy

              xyz    xyz

# TOP100：字符串输出与输入

## 真题分析

【真题1】若要求从键盘读入含有空格字符的字符串，应使用函数_____。（2006年4月）

 A）getc（）   B）gets（）   C）getchar（）   D）scanf（）

 **解析**：A 和 C 选项都只能读入字符，而不能读入字符串；对于 D：遇到空格认为字符串结束，不能读入空格；只有 B 选项才能从键盘读入含有空格字符的字符串。

 **答案**：B

【真题2】以下程序运行后的输出结果是_____。（2005年4月）

```
#include    <string.h>
void fun（char *s,int p,int k）
{    int i;
     for（i=p;i<k-1;i++）  s[i]=s[i+2];
}
main（）
{    char s[ ]="abcdefg";
     fun（s,3,strlen（s））；    puts（s）；
}
```

**解析**：s 字符串"abcdefg"的长度是 7，函数 fun（s,3,strlen（s））;使得函数 fun 的形参 p 值为 3，k 值为 7，for（i=p;i<k-1;i++） s [i] =s [i+2];等价于 for（i=3;i<6;i++） s [i] =s [i+2] ;，将循环 3 次，s [3] =s [5]，s [4] =s [6]，s [5] =s [7]，由于 s [5] = 'e'，s [6] = 'f'，s [7] = '\0'（字符串结束符），循环结束时，s 字符串由"abcdefg"变为"abcfg"。最后由 puts（ ）函数输出字符串。

**答案**：abcfg。

## 🕮 题型点睛

1. 字符串输入函数

通过 scanf 函数和 gets 函数实现。在用"%s"格式输入字符串时，scanf 函数中的输入项是字符数组名，不要再加上地址符&，因为在 C 语言中数组名代表该数组的起始地址。且 gets 函数只能输入一个字符串。

2. 字符串输出函数

可以通过 printf 函数及 puts 函数实现。使用 printf 函数时，用%c 或%s 格式，输出遇到第一个 '\0' 时就结束。puts 函数在输出时将字符串结束标志 '\0' 转换成 '\n'，即输出完字符串后自动换行。

## 🐍 即学即练

【试题1】有以下定义

```
#include    <stdio.h>
char    a[10]，*b=a;
```

不能给 a 数组输入字符串的语句是_____。

A) gets（a）　　　　　　　　　　B) gets（a[0]）；

C) gets（&a[0]）；　　　　　　　D) gets（b）；

# TOP101：strlen 函数

## ☞ 真题分析

【真题1】有以下程序

```
#include    <string.h>
main（）
{char   p[]={'a','b','c'},   q[10]={'a','b','c'};
printf（"%d %d\n",strlen（p）,strlen（q））;
}
```

以下叙述中正确的是_____。（2005 年 9 月）

A) 在给 p 和 q 数组置初值时，系统会自动添加字符串结束符，故输出的长度都
　为 3

B) 由于 p 数组中没有字符串结束符，长度不能确定，但 q 数组中字符串长度
　为 3

C) 由于 q 数组中没有字符串结束符，长度不能确定，但 p 数组中字符串长度
　为 3

D) 由于 p 和 q 数组中都没有字符串结束符，故长度都不能确定

**解析**：用给一般数组赋初值的相同方式给一维字符数组赋初值时，只要所赋初值
的字符个数少于数组的元素个数时，系统都将自动在其后的元素中加入字符串结束符
'\0'，strlen 函数计算的是字符串的长度，这一长度不包括串尾的结束标志'\0'。所以输
出长度都为3。

**答案**：A

【真题2】以下函数 sstrcat 的功能是实现字符串的连接，即将 t 所指字符串复制
到 s 所指字符串的尾部。例如：s 所指字符串为 abcd，t 所指字符串为 efgh，函数调用

后 s 所指字符串为 abcdefgh。请填空。（2005 年 9 月）

```
#include    <string.h>
void sstrcat（char   *s, char   *t）
{ int   n;
  n=strlen（s）;
  while（*（s+n）=_____）{s++;t++;}
}
```

**解析**：strlen（s）得到字符指针的长度，（s+n）为指向字符串 s 的尾部，通过从字符指针 s 末尾开始赋值实现字符串的连接，当字符指针 t 通过自加为空时 while 循环结束。

**答案**：*t

**【真题 3】**以下程序中函数 huiwen 的功能是检查一个字符串是否回文，当字符串是回文时，函数返回字符串：yes!，否则函数返回字符串：no!，并在主函数中输出。所谓回文即正向与反向的拼写都一样，例如：adgda.请填空。（2005 年 4 月）

```
#include    <string.h>
char *huiwen（char *str）
  {    char *p1,*p2;int i,t=0;
p1=str;    p2=____【1】____;
for（i=0;i<=strlen（str）/2;i++）
if（*p1++!=*p2- -）{t=1;break;}
if（____【2】____）return（"yes!"）;
else return（"no!"）;
  }
main（）
  {    char str[50];
printf（"Input:"）;scanf（"%s",str）;
printf（"%s\n",____【3】____）;
  }
```

**解析**：检查一个字符串是否回文，函数 huiwen 中定义了两个字符指针，p1=str

指向字符串头，p2 应该指向字符串尾，因此第一个空白处应该填入：str+strlen（str）-1 或 &str [strlen（str）-1] 或等价形式。for 循环次数至字符串的一半 strlen（str）/2 为止，判断 p1 和 p2 所指字符是否相等，不等则让 t 的值为 1，停止循环。由于 t 的初值为 0，因此循环结束后，判断 str 是否回文，就需要判断 t，当 t 为 0，说明是回文，因此第二个空白处应该填入： t!=0 或!t 或等价形式。主函数调用 huiwen 函数，并打印相应的返回字符串，因此最后一个空白处应该填入：huiwen（str）。

答案：【1】str+（strlen（str）-1）  【2】t!=0 或!t 【3】huiwen（str）

## 题型点睛

求字符串长度函数：strlen（字符串）

测试字符串的实际长度，返回值为字符串的实际长度，其中不包括结束符'\0'。

## 即学即练

【试题 1】以下程序运行后输入：3，abcde<回车>，则输出结果是_____。

```c
#include<string.h>
move（char *str, int n）
{    char temp; int i;
     temp=str[n-1];
     for（i=n-1;i>0;i--）        str[i]=str[i-1];
     str[0]=temp;
}
main（）
{    char s[50];   int   n, i, z;
scanf（"%d,%s",&n,s）;
z=strlen（s）;
for（i=1;i<=n;i++）    move（s,z）;
printf（"%s\n", s）;
}
```

# TOP102：其他字符串处理函数

## 真题分析

【真题 1】若有定义:char *x="abcdefghi";,以下选项中正确运用了 strcpy 函数的是_____。（2006 年 9 月）

A）char y[10];strcpy（y,x[4]）；

B）char y[10];strcpy（++y,&x[1]）；

C）char y[10],*s;strcpy（s=y+5,x）；

D）char y[10],*s;strcpy（s=y+1,x+1）

**解析**：strcpy（字符数组 1，字符串 2）,A 和 B 选项明显与格式不符合，对于 C 项 y+5 是第六个元素的值，而 s 是指针，应该存放地址值，赋值错误。

**答案**：D

【真题 2】有以下程序

```
#include <string.h>
void f（char p[][10],int n）
{char t[10];int i,j;
 for（i=0;i<n-1;i++）
   for（j=i+1;j<n;j++）
     if（strcmp（p[i],p[j]）>0）
       {strcpy（t,p[i]）;strcpy（p[i],p[j]）;strcpy（p[j],t）;}
}
main（）
{char p[5][10]={"abc","aabdfg","abbd","dedbe","cd"};
 f（p,5）;
 printf（"%d\n",strlen（p[0]））;}
```

程序运行后的输出结果是_____。（2007 年 4 月）

A）2　　　　　　　B）4　　　　　　C）6　　　　　　D）3

**解析：** 在函数 f 中，将字符串数组中的元素按从小到大的顺序排列。最后字符串数组的元素为 p[5][10]={ "aabdfg","abbd","abc","cd","dedbe"}

**答案：** C

**【真题 3】** 以下程序运行后的输出结果是_____。（2005 年 4 月）

```
#include    <string.h>
main（）
{     char ch[]="abc",x[3][4];   int i;
for（i=0;i<3;i++）   strcpy（x[i],ch）;
for（i=0;i<3;i++）   printf（"%s",&x[i][i]）;
printf（"\n"）;
}
```

**解析：** 循环语句 for（i=0;i<3;i++） strcpy（x [i] ,ch);是将字符串"abc"字符串复制到 x [0]，x [1]，x [2] 中，二维数组 x [3] [4] 值为{"abc","abc","abc"}, for（i=0;i<3;i++） printf（"%s",&x [i] [i]);将输出字符串 "abc","bc","c"，而且字符串之间没有回车符。

**答案：** abcbcc

### 🌀 题型点睛

1．字符串拷贝函数

　　　strcpy（字符数组 1，字符串 2）

　　把字符串 2 的内容复制到字符数组 1 中，函数返回字符数组 1 的值，即目的串的首地址。

2．字符串连接函数

　　　strcat（字符数组 1，字符数组 2）

　　连接两个字符数组中的字符串，把字符串 2 接到字符串 1 的后面，结果存在字符数组 1 中，函数调用后返回字符数组 1 的地址。

3．字符串比较函数

　　　strcmp（字符串 1，字符串 2）

　　按字典顺序比较字符串 1 和字符串 2，即对两个字符串自左至右逐个字符相比较（按 ASCII 码值大小比较），直到出现不同的字符或遇到'\0'为止。比较结果返回一个函数值。

## 即学即练

【试题 1】s1 和 s2 已正确定义并分别指向两个字符串。若要求：当 s1 所指串大于 s2 所指串时，执行语句 S；则以下选项中正确的是_____。

A）if（s1>s2）S;

B）if（strcmp（s1,s2））S;

C）if（strcmp（s2,s1）>0）S;

D）if（strcmp（s1,s2）>0）S;

【试题 2】以下程序中函数 scmp 的功能是返回形参指针 s1 和 s2 所指字符串中较小字符串的首地址。

```
#include <stdio.h>
#include <string.h>
char *scmp（char *s1,char *s2）
{   if（strcmp（s1,s2）<0）
            return（s1）;
    else   return（s2）;
}
main（）
{   int i;   char string[20],str[3][20];
    for（i=0;i<3;i++）     gets（str[i]）;
    strcpy（string,scmp（str[0],str[1]））;
    strcpy（string,scmp（string,str[2]））;
    printf（"%s\n",string）;
}
```

若运行时依次输入：abcd、abba 和 abc 三个字符串，则输出结果为_____。

A）abcd                                    B）abba

C）abc                                      D）abca

# TOP103：strlen 函数与 sizeof 函数的区别

## 真题分析

【真题1】有以下程序

```
#include <string.h>
main（）
{char    p[20]={'a','b','c','d'},q[]="abc", r[]="abcde";
strcpy（p+strlen（q），r）；    strcat（p,q）；
printf（"%d%d\n",sizeof（p），strlen（p））；
}
```

程序运行后的输出结果是_____。（2007 年 4 月）

A）20    9                    B）9    9

C）20    11                   D）11    11

**解析：** strlen（q）=3，p+strlen（q）是元素'd'的地址，将数组 r 的内容复制到以元素'd'的地址为首地址的数组中，这时数组变成 p[20]={'a','b','c','a','b','c', 'd', 'e'}，然后将数组 q 连接到数组 p 后面，这时数组 p 变成 p[20]={'a','b','c','a','b','c', 'd', 'e', 'a', 'b', 'c'}.sizeof（p）是求数组的长度，应为 20，strlen（p）求数组中字符串的长度，且不包括'\0'，等于 11。

**答案：** C

【真题2】以下程序的输出结果是_____。（2007 年 4 月）

```
# include <string.h>
main（）
{ char a[]={'\1','\2','\3','\4','\0'};
printf（"%d %d\n",sizeof（a），strlen（a））；
}
```

**解析：** 数组中定义了五个元素，所以数组的长度为 5，由于数组中的'\0'不计入字符串长度，所以 strlen（a）等于 4。

**答案：** 5    4

【真题3】有以下程序

main（）

{　char a[7]="a0\0a0\0"; int i,j;

　　i=sizeof（a）; j=strlen（a）;

　　printf（"%d %d\n",i,j）;

}

程序运行后的输出结果是＿＿＿＿。（2005 年 4 月）

A）2　2　　　　　　　　　　　B）7　6

C）7　2　　　　　　　　　　　D）6　2

**解析**：对于定义 char a [7] ="a0\0a0\0"; sizeof（a）是 a 数组占内存的字节数，也就是 7；而 strlen（a）是求字符串 a 的长度，字符串的结束符是\0，而字符串"a0\0a0\0"中，第 3 个字符就是\0，因此 strlen（a）的值为 2。输出结果应该是：7　2。

**答案**：C

## 🎯 题型点睛

strlen（s）*计算以 s 为起始地址的字符串的长度，并作为函数值返回。这一长度不包括串尾的结束标志\0。*

sizeof（a）*是求数组 a 的长度，包括\0。*

## 🐍 即学即练

【试题1】有以下程序

main（）

{　char　　s[ ]="\n123\\";

　　printf（"%d,%d\n",strlen（s）,sizeof（s））;

}

执行后输出结果是＿＿＿＿。

A）赋初值的字符串有错　　　　　B）6,7

C）5,6　　　　　　　　　　　　D）6,6

# 本章即学即练答案

| 序号 | 答案 | 序号 | 答案 |
|------|------|------|------|
| TOP94 | 【试题1】答案：C | TOP95 | 【试题1】答案：C |
| TOP96 | 【试题1】答案：C | TOP97 | 【试题1】答案：B |
| TOP98 | 【试题1】答案：efgh | TOP99 | 【试题1】答案：C |
| TOP100 | 【试题1】答案：B | TOP101 | 【试题1】答案：cdeab |
| TOP102 | 【试题1】答案：D<br>【试题2】答案：B | TOP103 | 【试题1】答案：C |

# 第15章 对函数的进一步讨论

## TOP104：main 函数的命令行参数

### 真题分析

【真题1】有以下程序

```
main（int argc,char *argv[ ]）
{int n=0,i;
for（i=1;i<argc;i++）
n=n*10+argv[i]-'0';
printf（"%d\n",n）;}
```

编译连接后生成可执行文件 tt.exe。若运行时输入以下命令行

    tt 12 345 678

程序运行后的输出结果是_____。（2007年4月）

A）12                    B）12345

C）12345678         D）136

解析：argv[i]指向第 i 个字符串的首地址，因此引用的也是字符串的最开始的字符。因此 argv[1]=1，argv[2]=3，argv[3]=6。

答案：D

【真题2】有以下程序

```
#include <string.h>
main（int argc,char *argv[ ]）
{int i=1,n=0;
while（i<argc）{n=n+strlen（argv[i]）;i++}
printf（"%d\n",n）;
}
```

该程序生成的可执行文件名为:proc.exe,若在运行时输入命令行:

    proc 123 45 67

则该程序的输出结果是_____。(2006年9月)

A)3                         B)5

C)7                         D)11

**解析:** 循环语句将第1个到第4个字符串的长度相加。

**答案:** C

## 题型点睛

在运行C程序时,可以通过运行C程序的命令行,把参数传给C程序。main函数通常可用两个参数,例如:

    main(int argc, char **argv)

其中,argc和argv是两个参数名,可由用户自己命名,但它们的类型是固定的。当对包含以上主函数的、名为abc的文件进行编译连接,生成名为abc.exe的可执行文件后,即可在操作系统提示符下打入以下命令执行该程序:

    abc

这时argc中的值为1,argv[0]将指向字符串"abc"。argc中存入的是命令行中字符串的个数1。

命令行中,各参数之间用空格符或Tab键隔开,空格不作为参数的内容,若要把空格也作为参数的内容,应该把字符串放在一对双引号内。

## 即学即练

【试题1】有以下程序

```
main(int arge,char   *argv[])
{   int  n,i=0;
while(arv[1][i]!='\0'
{   n=fun();   i++;}
    printf("%d\n",n*argc);
}
int  fun()
```

```
{     static int   s=0;
      s+=1;
      return    s;
}
```

假设程序经编译、连接后生成可执行文件 exam.exe,若键入以下命令行

　　　exam 123<回车>

则运行结果为_____。

A）6                              B）8

C）3                              D）4

# TOP105：函数指针的应用

## 真题分析

【真题 1】有以下程序

```
int add（int a,int b){return（a+b）;}
main（）
{int k,（*f）（）,a=5,b=10;
f=add;
…
}
```

则以下函数调用语句错误的是_____。（2006 年 9 月）

A）k=（*f）（a,b）;                    B）k=add（a,b）;

C）k=*f（a,b）;                       D）k=f（a,b）;

**解析**：k 是 int 型变量，因此赋给它的也应该是一个 int 型常量。对于 A：int（*f）（）定义了一个指向函数 add 的指针，因此（*f）（a,b）等价于 add（a,b），正确；对于 B：函数 add（a,b）的返回值就是 int 型常量，正确；对于 C：*f（a,b）表示一个返回值基类型为 int 型的指针，不能赋给 k，错误；对于 D：f 是指向函数 add 的指针，是它的入口地址，f（a,b）的返回值为 int 型，正确。

答案：C。

【真题 2】程序中若有如下说明和定义语句

char fun（char *）；

main（）

{　　　　　char *s="one",a[5]={0},（*f1）（）=fun,ch；

　　　　　　　　…

}

以下选项中对函数 fun 的正确调用语句是_____。（2005 年 4 月）

A）（*f1）（a）；　　　　　　　　B）*f1（*s）；

C）fun（&a）；　　　　　　　　D）ch=*f1（s）；

解析：本题的考点是 C 语言的指向函数的指针。函数指针 f1 指向了函数 fun，fun 的形参类型是字符指针。调用语句：f1（s）；f1（a）；f1（&ch）；或（*f1）（s）；（*f1）（a）；（*f1）（&ch）都是正确的。因此正确选项是 A。其余选项的调用都是错误的。

答案：A

## 题型点睛

1. 指向函数的指针变量的应用

在 C 语言中函数名代表该函数的入口地址，因此可以定义一种指向函数的指针来存放这种地址。说明格式为：

　　　　数据类型　　（*标识符）（参数 1，参数 2，…）

如：　double　　（*f）（int, int *）

如果说明符中略去了（*f）的一对括号写成*f（参数 1，参数 2，…），则说明的 f 就不是指针变量，而是说明 f 是一个函数，该函数的返回值的类型是基类型为 double 的指针类型。

2. 函数名或指向函数的指针变量作为实参

函数名或指向函数的指针变量可作为实参传给函数。这时，对应的形参应当是类型相同的指针变量。

## 即学即练

【试题 1】程序中对 fun 函数有如下说明

　　　　void　*fun（）；

此说明的含义是_____。

A）fun 函数无返回值

B）fun 函数的返回值可以是任意的数据类型

C）fun 函数的返回值是无值型的指针类型

D）指针 fun 指向一个函数，该函数无返回值

## 本章即学即练答案

| 序号 | 答案 | 序号 | 答案 |
| --- | --- | --- | --- |
| TOP104 | 【试题1】答案：A | TOP105 | 【试题1】答案：B |

# 第16章　C语言中用户标识符的作用域和存储类

## TOP106：局部变量的定义及其作用域与生存期

### 真题分析

【真题1】有以下程序

```
fun（int x,int y）
{static int m=0,i=2;
i+=m+1; m=i+x+y; return m;
}
main（）
{int j=1,m=1,k;
k=fun（j,m）; printf（"%d,",k）;
k=fun（j,m）; printf（"%d\n",k）;
}
```

执行后的输出结果是_____。（2006 年 9 月）

A）5,5                     B）5,11

C）11,11                   D）11,5

解析：①第一次计算 k 值时:m=0（函数 fun 中的静态变量）→i=3→m=3+1+1=5,
②第二次计算 k 值时:m=5（因为为静态局部变量分配的内存在程序运行时不释放,直到程序运行结束）→i=3+6=9→m=9+1+1=11。

答案：B

【真题2】有以下程序

```
int fun（int x［］，int n）
{static int sum=0，i；
for（i=0；i<n；i++）    sum+=x［i］；
    return  sum；
}
main（）
{int a［］＝{1,2，3，4，5}，b［］＝{6，7，8，9}，s=0；
s=fun（a,5）+fun（b，4）；printf（"%d\n"，s）；
}
```

程序执行后的输出结果是_____。（2006 年 4 月）

A）45                           B）50

C）60                           D）55

**解析**：函数 fun 的功能是求数组的前 n+1 个元素之和，所以 fun（a,5）=1+2+3+4+5=15，由于 sum 是静态局部变量，所以保持 15 不变，fun（b，4）=15+6+7+8+9=45，所以 s=fun（a,5）+fun（b，4）=15+45=60。

**答案**：C

**【真题 3】**以下程序运行后的输出结果是_____。（2005 年 4 月）

```
fun（int a）
{    int b=0；    static int c=3；
     b++；c++；
     return（a+b+c）；
}
main（）
{    int i,a=5；
     for（i=0；i<3；i++）printf（"%d %d ",i,fun（a））；
     printf（"\n"）；
}
```

**解析**：此题的考点是静态变量。函数中的局部变量每次调用都重新赋初值，而静态变量只在开始执行时赋初值一次，其值一直有累积效应。语句 for(i=0;i<3;i++) printf（"%d %d ",i,fun（a））;调用 fun 函数 3 次，虽然实参都是 a 值为 5，但返回值不同，

因为 fun 函数内有静态变量 c 每次调用累加 1，首次返回值 10，以后为 11，12。因此输出结果是：0 10 1 11 2 12。

　　**答案：** 0 10 1 11 2 12

## 🌀 题型点睛

　　（1）局部变量

　　在一个函数内（或复合语句中）定义的变量称为内部变量，这些变量只能在定义它的函数（或复合语句）中使用，离开了定义它的函数（或复合语句）就不能使用，这些变量被称为"局部变量"。

　　局部变量有四种存储类别：自动型、寄存器型、静态型和外部参照型。

　　（2）局部变量的作用域与生存期

　　auto 型局部变量是分配在内存的堆栈段，内存的堆栈段在程序的运行过程中是重复使用的。当某个函数中定义了自动型变量，C 程序就在内存的堆栈段给该变量分配相应的字节用来存放该变量的值。当退出该函数时，C 语言就释放该变量，即从堆栈区中收回分配给该变量的字节。

　　寄存器局部变量也是自动类局部变量。它与 auto 变量的区别在于，寄存器型变量是分配在 CPU 的通用寄存器中的，而不是像一般变量那样占内存单元。

　　静态局部型变量是分配在内存的数据段中的，它们在程序开始运行时就分配了固定的存储单元，在程序运行过程中不释放，直到程序运行结束才释放它所占的存储空间。如果用 static 说明外部变量为静态型，则该外部变量只能在本程序文件中使用。其初值是在编译时赋予的，在程序执行期间不再赋予初值。对未赋予初值的静态局部变量，C 编译程序自动给它赋初值 0。

## 🐌 即学即练

　　【试题 1】以下叙述中正确的是_____。

　　A）局部变量说明为 static 存储类，其生存期将得到延长

　　B）全局变量说明为 static 存储类，其作用域将被扩大

　　C）任何存储类的变量在未赋初值时，其值都是不确定的

　　D）形参可以使用的存储类说明符与局部变量完全相同

# TOP107：全局变量的定义及其作用域与生存期

## 真题分析

【真题1】以下程序的运行结果是 ＿＿＿＿。（2007 年 4 月）

```
int  k=0;
void fun（int  m）
{   m+=k; k+=m; printf（"m=%d\n   k=%d ",m,k++）;}
    main（）
{ int i=4;
  fun（i++）; printf（"i=%d   k=%d\n",i,k）;
}
```

**解析**：k 是全局变量，调用 fun 函数时，i=4，m=i++→m=4,i=5→m+=k →
m=4→k+=m→k=4,输出 m,k 后，k++→k=5;

**答案**：m=4

　　　k=4　i=5　k=5

【真题2】有以下程序

```
int a=4;
int f（int n）
{int t=0;static int a=5;
if（n%2）  {int a=6 t+=a++};
else {int   a=7 ；t+=a++; }
return  t+a++;
}
main（）
{int  s=a,i=0;
for（; i<2; i++） s+=f（i）;
printf  （"%d\n",s）;
```

```
    }
```

程序运行后的输出结果是_____。（2007 年 4 月）

A）24　　　　　　B）28　　　　　　C）32　　　　　　D）36

**解析：** 此题中有全局变量也有局部变量，为了区别，可将全局变量 a 设为 a1，函数里的静态局部变量 a 设为 a2，if 语句中的 a 设为 a3，else 语句中的 a 设为 a4。程序执行过程为：

(1)i=0 时→n=0→ else {int　a=7 ；　t +=a++；(a4)}，此时 t=7,a4=8→ return t +a++，(a1)此时 t=7+4=11,a1=5；

(2)i=1→n=1→ if（n%2）{int a=6 t+=a++};(a3)，此时 t=6,a3=7→ return t+a++，(a1)此时 t=6+5=11,a1=6；

(3) s+=f（i）=a+f(0)+f(1)=6+11+11=28,其中 a 是全局变量 a1，在第二次循环后它的值已经变成了 6。

**答案：** B

### 题型点睛

（1）全局变量

在函数之外定义的变量称为外部变量，外部变量是全局变量，全局变量可以为本源程序中的所有其他函数所公有。它的有效范围是从定义变量的位置开始到本源文件结束。

（2）全局变量的作用域与生存期

全局变量只有静态类别。对于全局变量可以使用 extern 和 static 两种说明符。

全局变量的生存期是整个程序的运行期间，因此在整个运行期间都占用内存。若全局变量和某一函数中的局部变量同名，则在该函数中，此全局变量被屏蔽，在该函数内，访问的是局部变量，与同名的全局变量不发生任何关系。

### 即学即练

【试题 1】以下叙述中正确的是_____。

A）全局变量的作用域一定比局部变量的作用域范围大

B）静态（static）类别变量的生存期贯穿于整个程序的运行期间

C）函数的形参都属于全局变量

D）未在定义语句中赋初值的 auto 变量和 static 变量的初值都是随机值

## 本章即学即练答案

| 序号 | 答案 | 序号 | 答案 |
| --- | --- | --- | --- |
| TOP106 | 【试题1】答案：A | TOP107 | 【试题1】答案：B |

# 第 17 章　编译预处理和动态存储分配

## TOP108：不带参数的宏替换

### 真题分析

【真题1】若要求定义具有 10 个 int 型元素的一维数组 a,则以下定义语句中错误的是_____。(2006 年 9 月)

A）#define N 10　　　　　　　　B）#define n 5

　　int a[N];　　　　　　　　　　　int a[2*n];

C）int a[5+5];　　　　　　　　　D）int n=10,a[n];

解析：A、B 选项都是不带参的宏替换,只是字符的替换,因此 A 等价于 int a[10],B 等价于 int a[2*5],正确;对于 C:数组的长度由常量表达式说明,正确;对于 D:数组长度只能由常量表达式说明,不能用变量,错误。

答案：D

【真题2】以下程序的功能是：给 r 输入数据后计算半径为 r 的圆面积 s。程序在编译时出错。

```
main（）
/*  Beginning  */
{int r;    float s;
  scanf（"%d",&r）;
  s= π*r*r;    printf（"s=%f\n",s）;
}
```

出错的原因是_____。(2005 年 9 月)

A）注释语句书写位置错误

B）存放圆半径的变量不应该定义为整型

C）输出语句中格式描述符非法

D）计算圆面积的赋值语句中使用了非法变量

**解析：** 程序中在计算圆面积时，语句 s= π*r*r 是错误的，因为这里的 π 没有进行定义，正确的使用方法应该是在 main 前进行宏定义，确定 π 的值。

**答案：** D

【真题3】有以下程序

#define P 3

void F（int x）{ 　return（P*x*x）；}

main（）

{ 　printf（"%d\n",F（3+5））；}

程序运行后的输出结果是_____。（2005 年 4 月）

A）192　　　　B）29　　　　　C）25　　　　　D）编译出错

**解析：** 本题的函数 F 的功能是，对于形参 x，返回 3*x*x 的值。P 代表数字 3。因此对于函数调用 F（3+5）;，先计算得到实参结果是 8，然后调用 F，返回结果应该是 3×8×8＝192。

**答案：** A

## 题型点睛

一般定义形式为：

　　#define　宏名　字符串

"#" 表示这是一条预处理命令，"define" 为宏定义命令，"宏名" 为一个合法的标识符，"字符串" 可以是常数、表达式或语句，甚至可以是多条语句。

宏定义与变量定义含义不同，它只作字符替换，并不分配内存空间，也不能认为是赋值。

宏名的有效范围从定义之后到本源文件结束，出了这个文件，宏名便失却了作用。

## 即学即练

【试题1】以下程序中，for 循环体执行的次数是_____。

```
#define   N 2
#define   M N+1
#define   K M+1*M/2
main （ ）
{    int   i;
     for  （i=1 ; i<K ; i++  ）
     {    …… }
     ……
}
```

# TOP109：带参数的宏替换

## 真题分析

【真题1】有一个名为 init.txt 的文件,内容如下:

```
#define    HDY （A,B）      A/B
# define    PRINT （Y）      Printf （"y=%d\n",Y)
```

有以下程序

```
#include   "init.txt"
main （）
{int   a=1,b=2,c=3,d=4,k ;
k=HDY （a+c,b+d);
PRINT （k);
}
```

下面针对该程序的叙述正确的是_____。（2007 年 4 月）

A）编译有错                    B）运行出错

C）运行结果为 y=0             D）运行结果为  y=6

解析：宏替换只是字符的替换，不分配内存，因此 k=HDY （a+c,b+d）=HDY
（1+3,2+4）=1+3/2+4=1+1+4=6。

**答案：** D

【真题2】有以下程序
```
#define    f（x）（x*x）
main（）
{int   i1,i2;
i1=f（8）/f（4）；  i2=f（4+4）/f（2+2）；
printf（"%d,%d\n",i1,i2）；
}
```
程序运行后的输出结果是_____。（2005 年 9 月）

A）64，28　　　　　B）4，4　　　　　C）4，3　　　　　D）64，64

**解析：** 根据题意，i1=f（8）/f（4）进行宏替换后，i1=（8*8）/（4*4）=4，i2＝f（4+4）/f（2+2）＝（4+4*4+4）/（2+2*2+2）=24/8=3。所以输出结果为4，3。

**答案：** C

【真题3】以下叙述中正确的是_____。（2005 年 4 月）

A）预处理命令行必须位于源文件的开头

B）在源文件的一行上可以有多条预处理命令

C）宏名必须用大写字母表示

D）宏替换不占用程序的运行时间

**解析：** 预处理命令行可以出现在源程序的任何位置上，因此选项 A 的说法是错误的。源程序的一行上只能出现一条预处理命令，因此选项 B 的说法也是错误的。宏名只要是符合要求的标识符都可以，没有规定一定要大写，因此选项 C 的说法也是错误的。宏替换在程序编译时，就由编译程序对出现的宏名进行了相应的宏替换，因此宏替换不占用程序的运行时间。选项 D 的说法是正确的。

**答案：** D

## 🎯 题型点睛

一般定义形式为；

　　　#define   宏名（形参表）　字符串

在编译预处理时，程序中凡是带实参的宏，一律按#define 命令行中指定的字符串从左到右进行替换。对于字符串中包含宏中的形参，则用程序语句中相应的实参（可以是常量、变量或表达式）替换形参。对于字符串中的字符不是参数字符（如*号），则保留不变。

## 即学即练

【试题 1】有以下程序

```
#define  f（x）   x*x
main（）
 {  int  i;
i=f（4+4）/f（2+2）;
printf（"%d\n", i）;
 }
```

执行后输出结果是_____。

A）28　　　　　　B）22　　　　　　C）16　　　　　　D）4

# TOP110：对编译预处理的一些说明

## 真题分析

【真题 1】以下叙述中正确的是_____。（2006 年 4 月）

A）预处理命令行必须位于 C 源程序的起始位置

B）在 C 语言中，预处理命令行都以 "#" 开头

C）每个 C 程序必须在开头包含预处理命令行：#include<stdio.h>

D）C 语言的预处理不能实现宏定义和条件编译的功能

解析：预处理命令行可以根据需要出现在程序的任何一行的开始部位，A 错误；预处理命令行必须在一行的开头以 '#' 号开头，B 正确；不是每个 C 程序都必须包含头文件 stdio.h，只是需要用到此头文件中的一些宏定义时才要包含，C 错误；对于 D：所谓 "编译预处理" 就是在 C 编译程序对 C 源程序进行编译前，由编译预处理程序对这些编译预处理命令行进行处理的过程。所以 D 错误。

答案：B

## 题型点睛

在 C 语言中，凡是以"#"号开头的行，都有称为"编译预处理"命令行。所谓"编译预处理"就是在 C 编译程序对 C 源程序进行编译前，由编译预处理程序对这些编译预处理命令行进行处理的过程。预处理命令行必须在一行的开头以"#"号开头，每行的末尾不得加";"号结束，以区别于 C 语句、定义和说明语句。这些命令行的语法与 C 语言中其他部分的语法无关；它们可以根据需要出现在程序的任何一行的开始部位，其作用一直持续到源文件的末尾。

## 即学即练

【试题 13-4】以下叙述中正确的是＿＿＿＿＿。

A）预处理命令行必须位于源文件的开头

B）在源文件的一行上可以有多条预处理命令

C）宏名必须用大写字母表示

D）宏替换不占用程序的运行时间

# TOP111：动态存储分配

## 真题分析

【真题 1】以下程序的输出结果是＿＿＿＿＿。（2007 年 4 月）

```
# include<stdlib.h>
main（）
{char *s1,*s2,m;
s1=s2=（char*）malloc（sizeof（char））；
*s1=15;
*s2=20;
m=*s1+*s2;
printf（"%d\n",m）；
}
```

**解析：** 由 s1=s2=（char*）malloc（sizeof（char））可知，系统为 s1，s2 分配了一

个存储空间，因此当执行*s1=15;*s2=20;后，s1，s2 的存储空间里的数值为 20，所以 m=*s1+*s2=20+20=40。

**答案:** 40

【真题 2】已有定义: double  *p;，请写出完整的语句，利用 malloc 函数使 p 指向一个双精度型的动态存储单元_____。(2005 年 9 月)

**解析:** malloc 函数的调用形式为: malloc (size)，函数用来分配 size 个字节的存储区，返回一个指向存储区首地址的基类型为 void 的地址。题目要求双精度类型指针 p 指向一个双精度类型的动态存储单元，需要利用 sizeof 运算符来求得数据类型所占字节数，空白处应填 p=(double*) malloc (sizeof (double))。

**答案:** p=(double *) malloc (sizeof (double))

## 🌀 题型点睛

1. malloc 和 free 函数

malloc 函数的调用形式为:

malloc (size)

其中 size 的类型为 unsigned int，函数返回值类型为 void*。

malloc 函数用来分配 size 个字节的存储区，返回一个指向存储区首地址的基类型为 void 的地址。若没有足够的内存单元供分配，函数返回空 (NULL)。

free 函数调用的形式为:

free (p)

p 是指针变量，必须指向由动态分配函数 malloc 分配的地址，free 函数将指针 p 所指的存储空间释放，使这部分空间可以由系统重新支配。此函数没有返回值。

2. calloc 函数

calloc 函数的调用形式为:

calloc (n,size) ;

n 和 size 的类型都为 unsigned int 型。

calloc 函数用来给 n 个同一类型的数据项分配连续的存储空间。每个数据项的长度为 size 个字节，若分配成功，则函数返回存储空间的首地址; 否则返回空。由调用 calloc 函数所分配的存储单元，系统自动设置初值为 0。calloc 函数开辟的动态存储单元同样用 free 函数释放。

## 即学即练

【试题1】以下程序中给指针 p 分配三个 double 型动态内存单元,请填空。

```
#include   <stdlib.h>
main（）
{   double   *P;
    P=（double*）malloc（_____）;
    p[0]=1.5;p[1]=2.5;p[2]=3.5
    printf（"%f%f%f \n",p[0], p[1],p[2]）;
}
```

# 本章即学即练答案

| 序号 | 答案 | 序号 | 答案 |
| --- | --- | --- | --- |
| TOP108 | 【试题1】答案: 4 | TOP109 | 【试题1】答案: A |
| TOP110 | 【试题1】答案: D | TOP111 | 【试题1】答案:<br>sizeof（double）*3 |

# 第18章 结构体、共用体和用户定义类型

## TOP112：结构体变量的定义与初始化

### 🖙 真题分析

【真题1】设有说明

struct DATE{int year;int month; int day;};

请写出一条定义语句,该语句定义 d 为上述结构体变量,并同时为其成员 year、month、day 依次赋初值2006、10、1:_____; 。(2007年4月)

**解析：** 题中对结构体的定义属于：先定义结构，再说明结构变量。

struct 结构名

{成员表列};

struct 结构名 变量名表列;

**答案：** struct DATE d={2006,10,1}

【真题2】以下对结构体类型变量 td 的定义中,错误的是_____。(2005年4月)

A) typedef struct aa
  {  int n;
    float m;
  }AA;
   AA td;

B) struct aa
  {  int n;
    float m;
  }td;
   struct aa td;

C) struct
  {  int n;
    float m;

D) struct
  {  int n;
    float m;

　　}aa;　　　　　　　　　　　　　　}td;

　　struct　aa　td;

　　**解析:** 对于选项 A，首先用 typedef 将结构体自定义为 AA，再用 AA 定义结构体变量 td 是正确的；对于选项 B 首先定义结构体类型 aa，再用 struct aa 定义结构体变量 td 也是正确的。只是此题有印刷错误，td 出现了两次，属于重复定义，第一个 td 应该去掉；选项 D 直接用无名结构体定义结构体变量 td 也是正确的；而选项 C 中，首先用无名结构体定义了结构变量 aa，再用结构体变量 aa 去定义结构体变量 td 是完全错误的。

　　**答案:** C

## 🎓 题型点睛

　　1. 定义一个结构体的一般形式为:
　　　　struct　结构名
　　　　{成员表列};
　　成员表列由若干个成员组成，由一对大括号括起来，每个成员都是该结构的一个组成部分。对每个成员也必须作类型声明，其形式如下:
　　　　类型说明符　成员名;
　　2. 结构体变量的定义和初始化
　　定义结构类型变量由以下三种方法:
　　（1）先定义结构，再说明结构变量。
　　　　struct　结构名
　　　　{成员表列
　　　　};　　　　struct　结构名　变量名表列;
　　（2）在定义结构类型的同时说明结构变量。
　　　　struct　结构名
　　　　{成员表列
　　　　}　变量名表列;
　　（3）直接说明结构变量。即在结构变量定义中省去了结构类型名，而直接给出结构变量。一般形式为:
　　　　struct
　　　　{成员表列
　　　　}　变量名表列;
　　初始化可用输入语句或赋值语句来完成，或在定义时进行初始化赋值。

## 即学即练

【试题1】以下选项中不能正确把 c1 定义成结构变量的是＿＿＿＿＿。

A）typedef struct
　　{ int　red;
　　　int　green;
　　　int　blue;
　　}COLOR;
　　COLOR c1;

B）struct color c1
　　{ int　red;
　　　int　green;
　　　int　blue;
　　};

C）struct color
　　{ int　red;
　　　int　green;
　　　int　blue;
　　}c1;

D）struct
　　{ int　red;
　　　int　green;
　　　int　blue;
　　}c1;

# TOP113：结构体数组和指针

## 真题分析

【真题1】有以下程序

```
struct STU
{ char name[10];      int num;      float   TotalScore;   };
void f（struct STU   *p）
{ struct STU   s[2]={{"SunDan",20044,550},{"Penghua",20045,537}},*q=s;
  ++p;    ++q;    *p=*q;
}
main（）
{ struct STU    s[3]={{"YangSan",20041,703},{"LiSiGuo",20042,580}};
  f（s）；
```

```
        printf（"%s %d %3.0f\n",s[1].name,s[1].num,s[1].TotalScore）;
}
```

程序运行后的输出结果是＿＿＿＿。（2005 年 9 月）

A）SunDan 20044 580　　　　　　　B）Penghua 2004

C）LiSiGuo 20042 580　　　　　　　D）SunDan 20041 703

**解析：** 本题主要考查指向结构体数组的指针的用法。子函数中的参数 p 和局部变量 q 是指向 struct STU 结构体类型数据的指针变量，分别自加后意味着所增加的值为结构体数组的一个元素所占的字节数。赋值为改变结构体数组 s 的第二个元素的值，因此输出结果是 B。

**答案：** B

**【真题 2】** 以下程序运行后的输出结果是＿＿＿＿。（2005 年 4 月）

```
struct NODE
{    int k;
      struct NODE *link;
};
main（）
{    struct NODE m[5],*p=m,*q=m+4;
     int i=0;
     while（p!=q）
     {      p->k=++i;    p++;
            q->k=i++;    q- -;
     }
     q->k=i;
     for（i=0;i<5;i++）    printf（"%d",m[i].k）;
     printf（"\n"）;
}
```

**解析：** m 是结构体数组，长度为 5。结构指针 p、q 分别指向 m［0］、m［4］，i 初值为 0，while 循环当 p 和 q 不相等时，p->k=++i;q->k=i++;也就是 m［0］.k 值为 1，m［4］.k 值为 1，i 值变为 2，p++,q- -,p、q 分别指向 m［1］、m［3］，while 循环当

p 和 q 不相等时，p->k=++i; q->k=i++;也就是 m [1] .k 值为 3，m [3] .k 值为 3，i 值变为 4，p++,q -，p、q 都指向 m [2]，while 循环 p 和 q 相等，循环停止。while 循环体后面的 q->k=i;也就是 m [2] .k 值为 4。因此 for（i=0;i<5;i++） printf（"%d",m [i] .k）；输出结果是：13431。

答案：13431

 题型点睛

结构体数组和指针的定义与结构体变量一样，对于结构体数组的初始化，与前面数组赋初值的规则一样，只是由于数组中的每个元素都是一个结构体，因此通常将其成员的值依次放在一对花括号中，以便区分各个元素。

即学即练

【试题 1】有以下程序

```
struct STU
  { char  name[l0];
    int   num;
    int   Score;
  } ;
main（）
{   struct STU  s[5]= {{"Yang San",20041,703}, {"LiSiGuo",20042,580},
    {"WangYin",20043,680} , {"SunDan" ,20044,550},
    {"Penghua",20045,537} },    *p[5],*t;
     int    i,j;
    for（i=0;i<5;i++  ）   p[i]=&s[i]
    for（i=0;i<4;i++ ）
    for（j=i+1;j<5;j++）
    if（p[i]->Score> p[j] ->Score）
   {t=p[i]; p[i]= p[j]; p[j]=t;}
    printf（"%d   %d \n", s[1].Score, p[1]->Score）;
  }
```

执行后输出结果是＿＿＿＿。

A）550　550　　　　　　　　　B）680　680

C）580　550　　　　　　　　　D）580　　680

# TOP114：结构体变量的引用

## 真题分析

【真题1】有以下结构体说明,变量定义和赋值语句

struct STD

{char name[10];

int age;

char ***;

}s[5],*ps;

ps=&s[0];

则以下 scanf 函数调用语句中错误的结构体变量成员的是＿＿＿＿。

A）scanf（"%s",s[0].name）；

B）scanf（"%d",&s[0].age）；

C）scanf（"%c",&（ps->***））；

D）scanf（"%d",ps->age）；

**解析**：scanf 函数的输入项格式应是变量的地址，对于 A：name 是 char 型数组的数组名，是数组的首地址，正确；对于 B：取结构体变量中 age 的地址，正确；对于 D：由于 ps 指向结构体数组元素 s[0]，不能由它直接引用 age，而应该（*ps）->age，然后取地址&（（*ps）->age）.

**答案**：D

【真题2】有以下程序段

struct st

{int　x；int　*y；）*pt；

int a［］=｛l，2｝，b［］=｛3，4｝；

struct st c [2] ={10, a, 20, b};

pt=c;

以下选项中表达式的值为 11 的是_____。（2006 年 4 月）

A）*pt->y                    B）pt->x

C）++pt->x                  D）(pt++) ->x

**解析:** 题中，给结构体初始化时，c[0]={10,a},c[1]={20,b};，其中 10，20 分别对应于 c[0].x 和 c[1].x，数组 a，b 分别对应于 c[0].y 和 c[1].y。因此对于 A：*pt->y，等价于 a[0]，等于 1;对于 B：pt->x，等价于 c[0].x，等于 10；对于 C：因为 pt->x，等价于 c[0].x，得 10，所以++pt->x 等于 11；对于 D：(pt++) ->x 等价于 c[1].x，等于 20。

**答案: C**

## ❷ 题型点睛

若已定了一个结构体变量和基类型为同一结构体类型的指针变量，并使该指针指向同类型的变量，则可用以下三种形式来引用结构体变量中的成员，结构体变量名也可以是已定义的结构体数组的数组元素。

（1）结构变量名.成员名

（2）（*结构指针变量名）.成员名

（3）结构指针变量->成员名

在第二种形式中，一对圆括号必不可少。第三种形式中，箭头是结构指向运算符，由减号和大于号构成，它们之间不得有空格。

## ❸ 即学即练

【试题1】有以下说明和定义语句

struct   student

{     int   age ;           char   num[8]; };

struct   student stu[3]={{20, "200401"},{21, "200402"},{19, "200403"}};

struct   student *p=stu;

以下选项中引用结构体变量成员的表达式错误的是_____。

A）（p++）->num                B）p->num

C）（*p）.num                  D）stu[3].age

# TOP115：结构体与函数

## 真题分析

【真题1】有以下程序

```
typedef struct{int b,p;}A;
void f（A c）    /*注意：c 是结构变量名 */
{int j;
c.b+=1; c.p+=2;
}
main（）{int i;
A  a={1,2};
f（a）;
printf（"%d,%d\n",a.b,a.p）;
}
```

程序运行后的输出结果是_____。（2007 年 4 月）

A）2,3　　　　　　B）2,4　　　　　　C）1,4　　　　　　D）1,2

解析：结构体变量作实参时，传递给函数对应形参的是它的值，函数体内对形参结构体变量中任何成员的操作，都不会影响对应实参中成员的值。因此实参中的值不变。

答案：D

【真题2】有以下程序

```
#include <string.h>
struct STU
{ int num;
 float TotalScore;   };
void f（struct STU  p）
{ struct STU s[2]={{20041,703},{20045,537}};
```

　　p.num = s[1].num;　　　p.TotalScore = s[1].TotalScore;

}

main（）

{ struct STU s[2]={{20041,703},{20042,580}};

　f（s[0]）；

　printf（"%d %3.0f\n",s[0].num,s[0].TotalScore）；

}

程序运行后的输出结果是_____。（2005 年 9 月）

A）20045 537　　　B）20044 550　　　C）20042 580　　　D）20041 703

**解析：** 调用函数 f1，将实参 s[0]传递给形参 p，进行的是值传递，形参 p 的改变不影响实参 s[0]的内容；因此输出 s[0].num、s[0].TotalScore 仍为初值 20041、703。

**答案：** D

### 题型点睛

1．向函数传递结构体变量的成员

2．向函数传递结构体变量

　　C 语言允许把结构体变量作为一个整体传送给相应的形参。这时传递的是实参结构体变量的值，系统将为结构体类型的形参开辟相应的存储单元，并将实参中各成员的值赋给相应的形参成员。

　　结构体变量作实参时，传递给函数对应形参的是它的值，函数体内对形参结构体变量中任何成员的操作，都不会影响对应实参中成员的值。

3．传递结构体的地址

　　C 语言允许将结构体变量的地址作为实参传递。这时，对应的形参应该是一个基类型相同的结构体类型的指针。

### 即学即练

【试题 1】有以下程序

struct STU

　{

　　char　　name[ 10];

　　int　　num;

```
};
void  f1（struct STU  c）
{   struct STU     b="LSiGuo", 2042};
     c=b;
}
void f2（struct STU *c）
{   struct STU   b= {"SunDan", 2044}
     *c= b;
}
main（）
{   struct STU   a= {"YangSan", 2041}, b= {"WangYin", 2043}
     f1（a）; f2（&b）;
     printf（"%d%d\n",a.num,b.num）;
}
```

执行后输出结果是_____。

A）2041 2044　　　　B）2041 2043　　　　C）2042 2044　　　　D）2042 2043

# TOP116：用户定义类型的定义方法和应用

## 真题分析

【真题1】有以下程序段

typedef   struct node（int data;struct node *next;）  *NODE;

NODE P;

以下叙述中正确的是_____。（2007 年 4 月）

A）P 是指向 struct node 结构变量的指针的指针

B）NODE p;语句出错

C）P 是指向 struct node 结构变量的指针

D）P 是 struct node 结构变量

**解析**：这里用 typedef 定义了一个结构体类型 node，NODE 是一个 node 型指针，因此 P 是指向 struct node 结构变量的指针。

**答案**：C

【真题2】设有以下语句

typedef struct TT

{char c; int a[4];}CIN;

则下列叙述正确的是_____。

A）可以用 TT 定义结构体变量　　　　B）TT 是 struct 类型的变量

C）可以用 CIN 定义结构体变量　　　　D）CIN 是 struct TT 类型的变量

**解析**：由题中定义后，CIN 是一个结构体类型名，可以用来定义一个结构体变量。

**答案**：C

## 🕮 题型点睛

typedef 语句的一般形式为：

　　typedef　类型名　标识符；

其中，"类型名"必须是在此语句之前已有定义的类型标识符，"标识符"是一个用户定义标识符，用作新的类型名。typedef 语句的作用仅仅是用"标识符"来代表已存在的"类型名"，并未产生新的数据类型，原有类型名依然有效。有时也可用宏定义（#define）来代替 typedef 的功能，但是宏定义是由预处理完成的，而 typedef 则是在编译时完成的，它并不只是作简单的字符替换。

## 🐾 即学即练

【试题1】若要说明一个类型名 STP，使得定义语句 STP s 等价于 char　*s，以下选项中正确的是_____。

A）typedef　STP　char　*s；

B）typedef　*char　STP；

C）typedef　stp　*char；

D）typedef　char*　STP；

# TOP117：链表结点的访问

## 真题分析

【真题 1】下面程序的功能是建立一个有 3 个结点的单循环链表，然后求各个结点数值域 data 中数据的和，请填空。（2006 年 9 月）

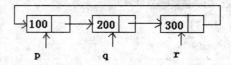

```
#include <stdio.h>
#include <stdlib.h>
struct NODE{int data;
struct NODE *next;
};
main（）
{struct NODE *p,*q,*r;
int sum=0;
p=（struct NODE *）malloc（sizeof（struct NODE））;
q=（struct NODE *）malloc（sizeof（struct NODE））;
r=（struct NODE *）malloc（sizeof（struct NODE））;
p->data=100; q->data=200; r->data=300;
p->next=q; q->next=r; r->next=p;
sum=p->data+p->next->data+r->next->next_____;
printf（"%d\n",sum）;
}
```

**解析：** r->next 是结点 p，因此 r->next->next 等价于 p->next，是结点 q，要输出三个结点 data 之和，前面已加上结点 p 和 q 的 data，现在应加上结点 r 的 data，而结点 r 应是 q->next，所以应填上->next ->data。

**答案**: ->data

【真题 2】以下程序中函数 fun 的功能是：构成一个如下图所示的带头结点的单向链表，在结点的数据域中放入了具有两个字符的字符串。函数 disp 的功能是显示输出该单链表中所有结点中的字符串。请填空完成函数 disp。（2006 年 4 月）

```c
#include <stdio.h>
typedef struct node/*链表结点结构* /
{      char sub [3];
struct node    *next;
}Node;
Node fun（char s）   / *建立链表* /
{……    }
void disp（Node *h)
{      Node *p;
p=h->next;
while（    【1】    ）
{      printf（"%s\n", P->sub);
p=    【2】    ;    }
}
main（）
{      Node *hd;
hd=fun（）;
disp（hd）;
printf（"\n");
}
```

**解析**: 现要求显示输出该单链表中所有结点中的字符串，因此循环的条件是链表没到尾结点，即 p!=NULL，输出一个结点的字符串后，链表应向下一个结点移动，因此应填上 p->next。

**答案:【1】p!=NULL　　【2】p->next**

## 题型点睛

　　链表是一种动态数据结构，它的特点是用一组任意的存储单元（可以是连续的，也可以是不连续的）存放数据元素。链表中每一个元素称为"结点"，每一个结点都是由数据域和指针域组成的。每个结点中的指针域，包含一个指针，指向下一个结点。

　　链表有一个头结点，表示链表中的第一个元素，它的指针指向第二个结点。第二个结点的指针指向第三个结点，如此往复，直到最后一个元素，这就是链表的尾结点，它的指针存放的是空值（NULL 指针）。

　　静态链表的节点是在程序中事先定义好的，不是在运行时动态分配的，动态链表的创建是指在程序执行时，建立起一个一个节点，并将它们连接成一串，形成一个链表。动态链表不再使用时，应及时删除，以释放动态链表占用的内存。

　　可以通过对链表指针的操作来访问其结点，改变结点中的值或者输出输入数据和字符。

## 即学即练

　　【试题1】以下程序的功能是：建立一个带有头结点的单向链表，并将存储在数组中的字符依次转储到链表的各个结点中，请从与下划线处号码对应的一组选项中选择出正确的选项。

```
#include  <stdio.h>
struct node
{    char data; struct  node  *next;  };
    1)      CreatList（char  *s）
{    struct  node  *h,*p,*q;
    h=（struct  node  *）malloc（sizeof（struct  node））;
    p=q=h;
    while  （*s!='\0'）
    {    p=（struct  node  *）malloc（sizeof（struct  node））;
         p->data=  2)  ;
         q->next=p;
         q=  3)  ;
```

```
            s++;
        }
        p->next='\0' ;
        return  h ;
    }
    main（ ）
    {    char   str[ ]="link list" ;
         struct  node  *head ;
         head=CreatList（str） ;
         ……
    }
```

1）A）char  *                        B）struct  node

　　C）struct  node  *               D）char

2）A）*s            B）s            C）*s++            D）* (s) ++

3）A）p->next      B）p            C）s               D）s->next

# TOP118：改变结点的位置

## 真题分析

【真题1】程序中已构成如下图所示的不带头结点的单向链表结构指针变量 s,p,q 均已正确定义,并用于指向链表结点,指针变量 s 总是作为头指针指向链表的第一个结点。

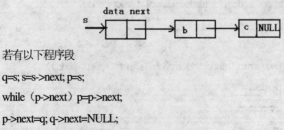

若有以下程序段

q=s; s=s->next; p=s;

while（p->next）p=p->next;

p->next=q; q->next=NULL;

该程序段实现的功能是_____。（2006 年 9 月）

A）首结点成为尾结点      B）尾结点成为首结点

C）删除首结点      D）删除尾结点

**解析**：先通过 q=s 将 q 指向首结点，然后 s=s->next; p=s，让 p 指向第二个结点，经过循环语句后，p 指向链表的尾结点，p->next=q 语句是让首结点成为尾结点，然后让它的下一个结点为 NULL，即让首结点成为尾结点。

**答案**：A

【真题 2】现有以下结构体说明和变量定义，如下图所示，指针 p、q、r 分别指向一个链表中连续的三个结点。

```
struct node
  {char data;
  struct node  *next;  }*p, *q, *r;
```

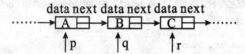

现要将 q 和 r 所指结点交换前后位置，同时要保持链表的连续，以下不能完成此操作的语句是_____。（2006 年 4 月）

A）q->next=r->next; p->next=r; r->next=q;

B）p->next=r; q->next=r->next; r->next=q;

C）q->next=r->next; r->next=q; p->next=r;

D）r->next=q; p->next=r; q->next=r->next;

**解析**：对于 D：先让 r 的下一个结点指向 q，然后让 r 接在 p 后面，这时 q->next=r->next 等价于 q->next= q，那么 q 结点就不在链表中了，明显不能让链表连续；其他 ABC 选项都可以交换 q 和 r 所指结点的位置，且保持链表连续。

**答案**：D

### 🎯 题型点睛

链表的结点位置可改变，通过链表各结点指针的赋值可实现这项操作。

## 🐌 即学即练

【试题 1】有以下结构体说明和变量定义，如下图所示，指针 p、q、r 分别指向一个链表中的三个连续结点。

```
struct node
{ int data;
  struct node *next;
} *p, *q, *r;
```

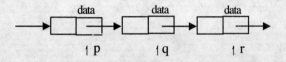

现要将 q 和 r 所指结点的先后位置交换，同时要保持链表的连续，以下错误的程序段是_____。

A）r->next=q; q->next=r->next; p->next=r;

B）q->next=r->next; p->next=r; r->next=q;

C）p->next=r; q->next=r->next; r->next=q;

D）q->next=r->next; r->next=q; p->next=r;

# TOP119：从链表中删除结点

## 👉 真题分析

【真题 1】有以下结构体说明和变量定义，如下图所示，指针 p、q、r 分别指向此链表中的三个连续结点。

```
struct node
{ int data;   struct node *next;}*p,*q,*r;
```

现要将 q 所指结点从链表中删除，同时要保持链表的连续，

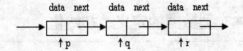

以下不能完成指定操作的语句是_____。（2005年4月）

A）p->next=q->next;

B）p->next=p->next->next;

C）p->next=r;

D）p=q->next;

**解析：** 要想将 q 所指结点从链表中删除，同时要保持链表的连续，从图上看，应该将 p->next=r，由于 q-next,p->next->next 都指向 r，因此 p->next=q-next, p->next=p->next->next 同样可以实现指定的操作。因此选项 A、B、C 都能完成指定操作。而选项 D 的 p=q->next，只是将指针 p 指向了 r，不能完成指定的操作。因此正确选项是 D。

**答案：** D

## 题型点睛

从链表中删除结点时，要注意删除结点后链表的连续性，使被删除的结点的前一个结点指针指向后一个结点。

## 即学即练

【试题1】设有以下定义

struct ss

{int info; struct ss *link;} x,y,z;

且已建立如下图所示链表结构：

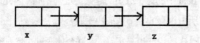

请写出删除结点 y 的赋值语句_____。

# TOP120: 共用体类型数据的定义、初始化

## 真题分析

【真题1】若有以下定义和语句

union data

{int i; char c; float f;}x;

int y;

则以下语句中正确的是_____。（2006 年 9 月）

A）x=10.5        B）x.c=101

C）y=x          D）printf（"%d\n",x）;

**解析**：对于 A、C：不能直接对共用体变量赋值，错误；对于 D：同样的，也不能对共用体变量进行输入输出操作，而只能对其成员变量进行赋值和输入输出，D 错误。

**答案**：B

【真题2】若有以下说明和定义

union data

{ int a; char b; double c;}data;

则以下叙述中错误的是_____。（2005 年 4 月）

A）data 的每个成员起始地址都相同

B）变量 data 所占的内存字节数与成员 c 所占字节数相等

C）程序段:data.a=5;printf（"%f\n",data.c）;输出结果为 5.000000

D）data 可以作为函数的实参

**解析**：由于共享内存区，联合体 data 中的每个成员的起始地址都相同，因此选项 A 的说法是正确的。联合体变量 data 所占内存的字节数取决于联合体中长度最长的成员，显然是 double 类型的 c，因此选项 B 的说法也是正确的。联合体变量 data 和普通变量一样，可以作为实参来调用函数，调用时传值，因此选项 D 的说法也是正确的。由于联合体的各个成员共享内存，一个成员赋值后，就覆盖掉另一个成员的值。各个

成员都是起始字节对齐的。因此选项 C 的 data.a=5；并不意味着 data.c 结果也是 5，因为 a 占的字节数（int 型 16 位系统为 2）远少于 c 的字节数（float 型为 4）。选项 C 的说法是错误的。

**答案：C**

## 🐾 题型点睛

1. 定义一个共用体的一般形式为：

　　union　　共用体标识名
　　　{　类型名 1　　共用体成员名 1;
　　　　　类型名 2　　共用体成员名 2;
　　　　　　　……
　　　　　类型名 n　　共用体成员名 n;
　　　}

2. 共用体变量的定义和初始化

共用体变量的定义与结构体变量的定义方法相同。当一个共用体变量被定义时，编译程序将按照共用体变量中最大的成员长度分配一块内存。

不能在定义共用体变量时对它初始化。对共用体变量赋值必须针对其成员进行，不能直接对共用体变量赋值。

## 🐜 即学即练

【试题 1】下面程序的运行结果是：_____。

```
typedef   union student
{   char name[10];
long sno;
char sex;
float score[4];
}STU;
main（）
{ STU   a[5];
printf（"%d\n",sizeof（a））;
```

}

# TOP121：共用体类型数据的引用

## 👉 真题分析

【真题1】有以下程序

```
main（）
{union
    {char ch［2］;
      int d;
    }s;
s.d=0x4321;
printf（"%x, %x\n", s.ch［0］, s.ch［1］);
}
```

在 16 位编译系统上，程序执行后的输出结果是_____。（2006 年 4 月）

A）21，43     B）43，21     C）43，00     D）21，00

**解析：** 由于 char 型变量占用一个字节，八位，而且共用体的数据共用一个存储空间，因此 s.d=0x4321 后，ch［2］的内容也是 0x4321，高八位存储 0x 43，低八位存储 0x 21，即 ch[0]=0x21,ch[1]=0x43;。

**答案：** A

## 🌐 题型点睛

引用方法同结构体变量引用的三种形式。但在访问共用体成员时应注意，共用体变量中起作用的是最近一次存入的成员变量值，原有成员变量的值将被覆盖。

## 🐛 即学即练

【试题1】有以下程序

```
main（）
{union
```

```
    {unsigned int   n;
     unsigned char      c;
     }u1;
    u1.c='A';
    printf（"%c\n",u1.n）；
}
```

执行后输出结果是_____。

A）产生语法错　　　B）随机值　　　　C）A　　　　　　　D）65

# 本章即学即练答案

| 序号 | 答案 | 序号 | 答案 |
|---|---|---|---|
| TOP112 | 【试题 1】答案：B | TOP113 | 【试题 1】答案：C |
| TOP114 | 【试题 1】答案：D | TOP115 | 【试题 1】答案：A |
| TOP116 | 【试题 1】答案：D | TOP117 | 【试题 1】答案：C A B |
| TOP118 | 【试题 1】答案：A | TOP119 | 【试题 1】答案：<br>x.link=y.link；<br>或 x.link=&z；<br>或 x.link=x.link->link；<br>或 x.link=（*（x.link））.link； |
| TOP120 | 【试题 1】答案：80 | TOP121 | 【试题 1】答案：C |

# 第19章 位运算

## TOP122：位运算符及简单的位运算

### 真题分析

【真题1】有以下程序

```
main ()
{unsigned char a=2,b=4,c=5,d;
d=a|b;d&=c;printf ("%d\n",d); }
```

程序运行后的输出结果是_____。（2007年4月）

A）3          B）4          C）5          D）6

**解析：** d=a|b=（0010B）|（0100B）=0110B=6，d&=c 等价于 d=d&c=（0110B）&（0101B）=0100B=4。

**答案：** B

【真题2】若变量已正确定义则以下语句的输出结果是_____。

```
s=32; s^=32; printf ("%d",s);
```

A）-1          B）0          C）1          D）32

**解析：** s 先被赋值 32，然后和 32 按位异或，结果一定为 0。

**答案：** B

【真题3】以下程序的功能是进行位运算

```
main ()
{ unsigned char a,b;
  a=7^3; b= ~4&3;
  printf ("%d %d\n",a,b);
}
```

程序运行后的输出结果是_____。（2005年9月）

A) 4  3　　　　　B) 7  3　　　　　C) 7  0　　　　　D) 4  0

**解析**：本题考查位运算。位运算的对象应为二进制的形式。7的二进制表示为00000111，3的二进制表示为00000011，7与3相异或得00000100，即十进制数4，表达式~4&3先进行位反操作，再进行位与，即11111011&00000011=00000011，即十进制数3。所以输出应为4 3。

**答案**：A

【真题4】有以下程序

main（）

{　int c=35；　printf（"%d\n",c&c）；　　}

程序运行后的输出结果是＿＿＿＿＿。（2005 年 4 月）

A) 0　　　　　　B) 70　　　　　　C) 35　　　　　　D) 1

**解析**：&是位与操作，当两个变量的对应的二进制位值都为1时此位结果值为1，否则为0。对于c&c,对应位相同，结果仍是 c 值。因此输出结果应该是35。

**答案**：C

## 题型点睛

C 语言中的位运算符

| 运算符 | 名称 | 示例 | 示例说明 | 优先次序 |
|--------|------|------|----------|----------|
| & | 按位与 | a&b | a 和 b 位与 | 从左向右 |
| \| | 按位或 | a\|b | a 和 b 位或 | 从左向右 |
| ∧ | 按位异或 | a∧b | a 和 b 位异或 | 从左向右 |
| ~ | 按位取反 | ~a | 求 a 的位反 | 从右向左 |
| << | 左移 | a<<2 | a 左移 2 位 | 从左向右 |
| >> | 右移 | a>>3 | a 右移 3 位 | 从左向右 |

## 即学即练

【试题 1】设有定义语句：char　c1=92，c2=92；，则以下表达式中值为零的是＿＿＿＿＿。

A) c1∧c2　　　　B) c1&c2　　　　C) ~c2　　　　D) c1\|c2

【试题2】有以下程序

```
main（）
 {   unsigned char a, b;
a=4 | 3;
b=4 & 3;
printf（"%d %d\n",a,b）;
 }
```

执行后输出结果是_____。

A）7　0　　　　　　B）0　7　　　　　　C）1　1　　　　　　D）43　0

# TOP123：位运算符的优先级

## 真题分析

【真题1】设有以下语句

int a=1，b=2，c；

c=a∧（b<<2）；

执行后，C 的值为_____。

A）6　　　　　　　B）7　　　　　　　C）8　　　　　　　D）9

解析：<<运算符的优先级本来就比∧高，加了括号后更应该先运算 b<<2，则 b=8，然后运算 1∧8=9

答案：D

## 题型点睛

位运算只能作用于整型或字符型数据，不能是实型数据。

它们的优先级从高到低的顺序为：

"~" → ">>，<<" → "&" → "∧" → "|"

## 即学即练

【试题1】有一下程序

```
main（）
{   int x=3,y=2,z=1;
    printf（"%d\n",x/y&~z）;
}
```

程序运行后的输出结果是_____。

A）3    B）2    C）-1    D）0

# 本章即学即练答案

| 序号 | 答案 | 序号 | 答案 |
|------|------|------|------|
| TOP122 | 【试题1】答案：A<br>【试题2】答案：A | TOP123 | 【试题1】答案：D |

# 第20章 文件

## TOP124：文件的相关概念

### 真题分析

【真题1】以下叙述正确的是_____。（2006年9月）

A）C语言中的文件是流式文件,因此只能顺序存取数据

B）打开一个已存在的文件并进行了写操作后,原有文件中的全部数据必定被覆盖

C）在一个程序中当对文件进行了写操作后,必须先关闭该文件然后再打开,才能读到第一个数据

D）当对文件的读（写）操作完成之后,必须将它关闭,否则可能导致数据丢失

解析：C语言中的文件可按顺序和随机两种方式存取数据，A错误；只有在以特定方式对文件进行写操作后，原有文件中的全部数据才会被覆盖，B错误；对一个文件进行写操作后，要读到第一个数据，可以通过"w+"方式对文件进行写操作，C错误。

答案：D

【真题2】以下叙述中错误的是_____。（2005年9月）

A）C语言中对二进制文件的访问速度比文本文件快

B）C语言中,随机文件以二进制代码形式存储数据

C）语句FILE fp;定义了一个名为fp的文件指针

D）C语言中的文本文件以ASCAII码形式存储数据

解析：当从二进制文件中读入数据时，不必经过任何转换，而直接将读入的数据存入变量所占的内存空间，从而访问速度比文本文件快，选项A正确；随机存取文件又称直接存取文件，它是以二进制代码形式存储数据，选项B正确；文件指针的定义形式为：FILE *指针变量名，所以选项C是错误的，缺少了指针运算符*。

答案：C

## 题型点睛

文件是指记录在外部介质上的数据的集合。文件属性是除文件内容以外所附带的相关信息，文件属性主要包括：文件类型，文件长度，文件所有者，文件许可权，文件最后的修改时间等。

C 语言中，数据可以按文本形式或二进制形式存放在介质上，因此可以按数据的存放形式分为文本文件和二进制文件。文本文件里每一个字节存放一个 ASCII 码，表示一个字符，所以文本文件又称 ASCII 码文件。无论是文本文件还是二进制文件，C 语言都把它们看作一个字节序列，即一连串的字节数据，所以在 C 语言表现为一个字节流或二进制流，C 语言按照这种流式结构来操作文件，且这两种文件都可以用顺序或直接（随机）方式进行存取。

## 即学即练

【试题1】下列关于 C 语言数据文件的叙述中正确的是_____。

A）文件由 ASCII 码字符序列组成，C 语言只能读写文本文件

B）文件由二进制数据序列组成，C 语言只能读写二进制文件

C）文件由记录序列组成，可按数据的存放形式分为二进制文件和文本文件

D）文件由数据流形式组成，可按数据的存放形式分为二进制文件和文本文件

# TOP125：文件的打开、关闭

## 真题分析

【真题1】有以下程序

```
#include    <stdio.h>
main ()
{FILE *fp;    int  i,a[6]={1,2,3,4,5,6};
fp=fopen ("d2.dat","w") ;
fprintf (fp,"%d%d%d\n",a[0],a[1],a[2]) ;
fprintf (fp, "%d%d%d\n",a[3],a[4],a[5]) ;
fclose (fp) ;
```

```
fp=fopen（"d2.dat","r"）;
fscanf（fp," "%d%d\n",&k,&n）;
printf（"%d%d\n",k,n）;
fclose（fp）;
}
```

程序运行后的输出结果是_____。（2007 年 4 月）

A）1　　2　　　　B）1　　4　　　　C）123　　4　　　　D）123　　456

**解析：**第一次为写而打开文本文件，从起始位置开始写，写入

123

456

然后关闭文件，数据保存。第二次为读而打开文本文件，以空格或换行号为分界，将第一个数据读给 k,第二个数据读给 n，所以 k=123，n=456。

**答案：** D

【真题 2】有以下程序

```
#include
void WriteStr（char *fn,char *str）
{    FILE *fp;
     fp=fopen（fn,"w"）;fputs（str,fp）;fclose（fp）;
}
main（）
{    WriteStr（"t1.dat","start"）;
     WriteStr（"t1.dat","end"）;
}
```

程序运行后，文件 t1.dat 中的内容是_____。（2005 年 4 月）

A）start　　　　B）end　　　　C）startend　　　　D）endrt

**解析：**函数 WriteStr 的作用是：用"文本写"方式打开指定的文件 fn，写入字符串 str 并关闭。而主函数 main 中调用了两次 WriteStr，分别向文件 t1.dat 中写入字符串"start"和"end",由于打开文件的方式是写方式，第二次打开冲掉第一次写的内容。文件 t1.dat 中最后的内容是第二次写入的字符串"end"。

答案: B

## 🐾 题型点睛

1. 文件类型指针

  FILE *指针变量名

为了对文件进行使用操作,需要把FILE指针作为一个参数传递给每个标准I/O函数。

2. 文件的打开

  FILE *fopen（const char *filename, const char *mode）;

如打开成功, 则 fopen 的返回一个文件类型指针, 否则返回 NULL; 参数 filename 指定打开的文件名; 参数 mode 指定文件打开方式。

3. 文件的关闭

  int fclose（FILE *stream）;

参数 stream 为文件流指针。如调用成功, 则 fclose 返回 0, 否则返回 EOF (-1)。

## 🐾 即学即练

【试题1】以下程序企图把从终端输入的字符输出到名为 abc.txt 的文件中, 直到从终端读入字符#号时结束输入和输出操作, 但程序有错。

```
#include        <stdio.h>
main（）
{FILE *fout; char ch;
      fout=fopen（'abc.txt', 'w'）;
        ch=fgetc（stdin）;
      while（ch!='#'）
      {   fputc（ch,fout）;
            ch=fgetc（stdin）;
      }
      close（fout）;
}
```

出错的原因是_____。

A）函数 fopen 调用形式错误     B）输入文件没有关闭

C）函数 fgetc 调用形式错误     D）文件指针 stdin 没有定义

# TOP126：文件的读写操作

## 真题分析

【真题 1】有以下程序

```
#include    <stdio.h>
main（）
{FILE  *fp;   int  i,a[6]={1,2,3,4,5,6};
fp=fopen（"d3.dat","w+b"）;
fwrite（a,size（int）,6,fp）;
fseek（fp,sizeof（int）*3,SEEK_SET）;/*该语句使读文件的位置指针从文件头后
移动3个int型数据*/
fread（a,sizeof（int）,3,fp）;   fclose（fp）;
for（i=0;i<6;i++）    printf（"%d,",a[i]）;
}
```

程序运行后的输出结果是_____。（2007 年 4 月）

A）4,5,6,4,5,6,　　　B）1,2,3,4,5,6,　　　C）4,5,6,1,2,3,　　　D）6,5,4,3,2,1,

**解析：** 先将数组中的内容写入到文件中，然后文件指针从文件开头向后移三个int型数据的位移量，然后从文件往数组中读入三个元素，然后关闭文件，最后输出数组元素。

**答案：** A

【真题 2】设有定义：FILE *fw;,请将以下打开文件的语句补充完整,以便可以向文本文件 readme.txt 的最后续写内容。

fw=fopen（"readme.txt",  "_____"）（2007 年 4 月）

**解析：** 要向文本文件的最后续写内容，文件使用方式应该为 a。

**答案：** a

【真题 3】有以下程序, 其功能是: 以二进制"写"方式打开文件 d1.dat, 写入 1-100 这 100 个整数后关闭文件, 再以二进制"读"方式打开文件 d1.dat, 将这 100 个整数读入到另一个数组 b 中, 并打印输出,请填空。（2006 年 9 月）

```
#include <stdio.h>
main（）
{FILE *fp;
int i,a[100],b[100];
fp=fopen（"d1.dat","wb"）;
for（i=0;i<100;i++）  a[i]=i+1;
fwrite（a,sizeof（int）,100,fp）;
fclose（fp）;
fp=fopen（"d1.dat",_____）;
fread（b,sizeof（int）,100,fp）;
fclose（fp）;
for（i=0;i<100;i++）  printf（"%d\n",b[i]）;
}
```

**解析：** 要为读而打开一个二进制文件，需要以 rb 形式使用文件。

**答案：** rb

## 题型点睛

文件的读写：
（1）字符输入输出（fgetc 函数和 fputc 函数）
（2）行输入输出函数（fgets 函数和 fputs 函数）
（3）直接 I/O 输入输出函数（fread 函数和 fwrite 函数）
（4）格式化输入输出函数（fscanf 函数和 fprintf 函数）

## 即学即练

【试题1】有以下程序

```
#include <stdio.h>
main（）
{   FILE *fp1;
fp1=fopen（"f1.txt","w"）;
fprintf（fp1,"abc"）;
```

```
fclose（fp1）；
}
```

若文本文件 f1.txt 中原有内容为：good ，则运行以上程序后文件 f1.txt 中的内容为＿＿＿＿。

A）goodabc      B）abcd      C）abc      D）abcgood

# TOP127：文件的定位与检测

## 真题分析

【真题1】有以下程序

```
#include <stdio.h>
main（）
{FILE *fp; int i;
char ch[]="abcd",t;
fp=fopen（"abc.dat","wb+"）;
for（i=0;i<4;i++）fwrite（&ch[i],1,1,fp）;
fseek（fp,-2L,SEEK_END）;
fread（&t,1,1,fp）;
fclose（fp）;
printf（"%c",t）;
}
```

程序执行后的输出结果是＿＿＿＿。

A）d      B）c      C）b      D）a

**解析：** 先将字符数组的内容写入文件，然后使文件指针指向离文件尾两字节的地方，然后以这里为起始位置读一个数据读给 t，然后输出 t。

**答案：** B

【真题2】以下与函数 fseek（fp,0L,SEEK_SET）有相同作用的是＿＿＿＿。（2005年4月）

A）feof（fp）　　　　B）ftell（fp）　　　C）fgetc（fp）　　　D）rewind（fp）

**解析**：函数 fseek（fp,0L,SEEK_SET）的作用是，将文件指针 fp 移到相对于文件开始处（SEEK_SET）位移为 0L 的地方，也就是文件的开头。选项 A 的 feof（fp）是判断是否读到了文件尾，作用与函数 fseek 不符；选项 B 的 ftell（fp）是告知文件指针的当前位置，作用与函数 fseek 也不符；选项 C 的 fgetc（fp）是从文件指针 fp 中读入一个字符，作用与函数 fseek 也不符；选项 D 的 rewind（fp）是将文件指针回绕到文件开始处，作用与函数 fseek（fp,0L,SEEK_SET）相同。

**答案**：D

## 🎯 题型点睛

1．文件的定位

实现随机读写的关键是要按要求移动位置指针，这称为文件的定位。

（1）函数 rewind，将文件指针定位于流开始处。void　rewind（FILE　*stream）；

（2）函数 fseek，移动将文件指针到新位置。int　fseek（FILE　*stream, long offset, int whence）；

（3）函数 ftell，得到流中当前文件指针位置。void　ftell　（FILE　*stream）；

2．文件的检测

int feof（FILE　*stream）；

如果检测到文件结束标志，则 feof 返回非 0 值，否则返回 0。

## 🐍 即学即练

【试题1】若 fp 已正确定义并指向某个文件，当遇到该文件结束标志时函数 feof（fp）的值为_____。

A）0　　　　　　　B）1　　　　　　　C）-1　　　　　　D）一个非 0 值

# 本章即学即练答案

| 序号 | 答案 | 序号 | 答案 |
| --- | --- | --- | --- |
| TOP124 | 【试题1】答案：D | TOP125 | 【试题1】答案：A |
| TOP126 | 【试题1】答案：C | TOP127 | 【试题1】答案：A |